Demain,
si tout va bien…

Marine Tondelier

Demain, si tout va bien…

Albin Michel

À Joseph, À Aurélien,
À celles et ceux qui sont là, tous les jours,
À celles et ceux qui étaient là hier,
À celles et ceux qui seront là demain.

Demain… si tout va bien !

Sur la brèche

« Nous sommes de plus en plus nombreux à être fatigués d'être fatigués. »

J'ai un jour ouvert, au hasard d'une flânerie dans une librairie, un essai qui commençait comme ça. Désarmant !

Je l'ai refermé d'un coup sec, je l'ai reposé sur le présentoir et je suis partie, dans la précipitation, comme pour conjurer le sort, comme si m'éloigner pouvait empêcher cette sentence tellement triste de m'atteindre.

Depuis, cette phrase me hante. J'y pense souvent…

Ce que je redoute le plus, c'est la fatigue collective.

Et si, au lieu du sursaut vital attendu, tout s'achevait sur une grande résignation générale ? Ce moment où toutes celles et ceux sur lesquels on compte auraient baissé les bras tellement c'est dur… Est-ce possible ? Et après, il se passerait quoi ?

Moi qui sacralise les librairies jusqu'à la ferveur, qui ai une curiosité pour les découvertes qu'on y fait, pour les autres lecteurs que j'aime y observer, je me dis que si quelqu'un a assisté à la scène ce jour-là, il a dû se demander sur quoi j'avais bien pu tomber pour prendre ainsi mes jambes à mon cou !

Et pourtant, j'ai eu beau déguerpir, cette phrase m'a poursuivie jusqu'ici.

Cela peut vous sembler paradoxal, mais j'ai souhaité débuter ce livre par là. Considérez cela comme une forme d'exorcisme...

Que vous soyez curieux, motivés, sceptiques, inquiets, ou tout cela en même temps selon le jour de la semaine ou l'heure de la journée, vous n'avez pas encore reposé ce livre, vous n'avez pas fui. Et je vous en remercie, c'est un bon début !

*

Nous ne pouvons pas être fatigués, pas maintenant.

Bien sûr, on a tous des moments de lassitude, d'épuisement, d'abattement. C'est humain. Et c'est même logique, vu l'actualité.

Nous sommes « sur la brèche », c'est-à-dire toujours au bord. À la lisière du trop tard. À l'endroit fragile où les institutions s'essoufflent, où les colères grondent, où les repères vacillent. Là où tout se joue, finalement. Là où nous avons le pouvoir de faire bifurquer l'histoire.

Au Moyen Âge, la brèche désignait une ouverture réalisée dans un mur ou une fortification, souvent par des tirs de projectiles, lors d'un siège. Être « sur la brèche », c'était donc se tenir à l'endroit le plus exposé de la bataille, là où l'ennemi pouvait s'engouffrer. Avec le temps, l'expression a perdu son sens strictement militaire : elle désigne aujourd'hui le fait d'être engagé dans une lutte ou un travail difficile.

C'est là que je choisis d'être. Sur la brèche. En refusant de me replier, même quand je doute. En tenant l'équilibre entre colère et espérance. Et en décidant, chaque jour, d'agir quand même.

Ce livre est né dans l'espoir de contribuer à ma manière, sans doute un peu différente, à la bataille culturelle en cours, au moment où tout s'accélère, où notre édifice commun est attaqué de toutes parts.

Il a été écrit au fil de journées bien chargées avec la conviction que s'il pouvait convaincre, réveiller ou redonner espoir à au moins quelques-unes et quelques-uns d'entre vous, alors il aurait eu son utilité.

Ce livre n'est pas un programme. Non pas que les idées manquent. Non pas que les dossiers ne soient pas prêts. C'est même tout le contraire. Mais ce que je souhaitais vous proposer ici, c'est autre chose : précisément tout ce qu'on ne met jamais dans les programmes, et qui pourtant détermine tout le reste.

Ce livre est une proposition. Il vous appartient. Lisez-le, prêtez-le, faites-le vivre !

*

Rappelons qu'avant d'être politique, l'écologie est la science qui étudie les interdépendances et les interactions des êtres vivants entre eux et avec leur milieu. Et elles sont d'une richesse infinie. Elles m'ont toujours fascinée.

D'ailleurs, elles sont la première bonne nouvelle de ce livre : l'écologie, non, ce n'est pas que la pensée des finitudes, de nos limites planétaires, de l'effondrement de la biodiversité, de l'épuisement de nos ressources causé par notre appétit insatiable de consommation. L'écologie, c'est aussi l'infini des relations. Des solutions. De la créativité. De la joie. L'écologie, c'est prendre soin. Alors j'espère que ce livre vous fera du bien !

Je souhaiterais aussi qu'il nous donne matière à discussion, à rencontre, à confrontation, peut-être : c'est comme cela qu'on avance.

J'ai bien l'intention de continuer à sillonner les routes de France pour dialoguer avec vous, même là où les personnalités politiques nationales viennent peu, pour discuter de ce qu'il contient et de tout ce que vous souhaiterez partager. Je suis curieuse de vos retours et de ce que vous pourrez apporter à cette réflexion.

*

Nous vivons une époque de bascule.

Être sur la brèche, aujourd'hui, c'est accepter l'inconfort du doute, mais avec la ferme volonté de ne pas laisser le champ libre. C'est un engagement à tenir la ligne, coûte que coûte, alors que le monde chancelle.

Sur la brèche

Nous sommes sur la brèche mais nous sommes ensemble. Et cela ne fait que commencer.

Alors je vous souhaite une bonne lecture et je vous donne rendez-vous dès demain.

Demain, si tout va bien…

1

Le jour où j'ai craqué sur France Inter

Le 1er juillet 2024, j'ai pleuré sur France Inter à une heure de grande écoute. Et c'est ainsi que beaucoup de Françaises et de Français ont fait ma connaissance…

Le pays est au bord de la crise de nerfs et entame un second tour des élections législatives historique, électrique. Au cours des sept prochains jours se joue quelque chose de fondamental : l'arrivée ou non de Jordan Bardella à Matignon.

*

Le « 7-10 » de France Inter est la matinale la plus écoutée de France, et le grand entretien de 8 h 20, une institution. C'est toujours un peu intimidant, d'autant plus qu'en ce lendemain de soirée électorale, pour permettre à deux camps politiques d'intervenir, l'émission a été scindée en deux : dix minutes d'antenne pour Bruno Le Maire, ministre de l'Économie et des Finances, puis dix minutes pour moi.

L'enjeu est de taille, je le sais bien : les seconds tours d'élection se déterminent en grande partie dans les premières vingt-quatre heures. Je suis dans les starting-blocks, prête à jouer toute la semaine – et dès ce matin – chaque ballon comme si c'était le match de ma vie. Au sens propre. Car beaucoup de Français craignent légitimement pour leur avenir qui pourrait basculer dimanche soir selon l'issue du scrutin.

Quand j'arrive à la maison de la Radio, en avance comme le font souvent les « provinciaux » dont je fais partie, on me demande de patienter à l'accueil. « La voiture du ministre est devant, il peut en sortir à tout moment, et si vous êtes dans l'ascenseur il devra attendre. Et un ministre, ça n'attend pas, désolée. »

*

Le ministre et son cortège finissent par arriver, dans un branle-bas de combat protocolaire. Tout le monde est aux petits soins, il y a une corbeille de fruits, et un beau comité d'accueil pour la circonstance. Animateurs, chroniqueurs, invités suivants, dont l'un des principaux sondeurs du pays, tout le monde se serre sur les canapés rouges du couloir qui mène au studio 511 où est enregistrée la matinale.

La France entière, sidérée, se demande toujours quelle mouche a piqué le président avec sa dissolution surprise, que son propre Premier ministre a quand même apprise après... Pascal Praud ! La

« Macronie » sort très affaiblie du premier tour, bonne dernière derrière le Rassemblement national et le Nouveau Front populaire.

Hors antenne, le sondeur se lance : « Alors, monsieur Le Maire, vous la trouvez réussie, cette dissolution ? » Le ministre lui fait une réponse mi-figue mi-raisin. Le sondeur enchaîne : « C'est quand même la timbale d'or de la dissolution ratée. » Bruno Le Maire a une réaction gênée.

Un autre poursuit : « Rassurez-moi, vous n'allez quand même pas nous faire le coup du signe "égal" entre l'extrême droite et l'extrême gauche ? » Nouvelle réaction embêtée de Bruno Le Maire.

On le prévient que ça va commencer et qu'il doit rejoindre le studio. Il se lève. Et je reste là, avec un mauvais pressentiment.

*

D'habitude, juste avant une interview, je me concentre, je me recentre, je relis mes notes, je les classe, je rature, je souligne, je précise. Mais là, impossible. Parce que dès les premières phrases – les haut-parleurs diffusent l'interview dans le salon d'attente –, j'entends Bruno Le Maire partir tout schuss. Et j'explose intérieurement. Mais qu'est-ce qu'il nous fait ?

Au lieu d'avoir un réflexe d'humilité et de contribuer au sursaut républicain pour empêcher que l'incurie de ces sept années de macronisme ne se termine en cohabitation avec le Rassemblement national,

Bruno Le Maire renvoie dos à dos l'extrême droite et La France insoumise.

Je suis choquée par ce qu'il dit, bien sûr, par la position qu'il adopte. Mais je sais surtout que, s'il se fourvoie avec autant d'aplomb, c'est de manière concertée avec d'autres de son camp, qui sont sûrement en train de raconter la même chose dans toutes les matinales du pays. Et que si personne ne réagit, alors d'ici à midi le match sera plié.

Je suis littéralement estomaquée. Je comprends qu'il se tamponne de ce que signifierait, pour beaucoup de Français, de vivre dans un pays dirigé par le RN. Que là où il est, il se sait et se sent en sécurité. Mais ça, c'est valable pour quel pourcentage de Français ?

Je sens l'émotion monter. Pas juste à cause de lui : pour tout ce que cela signifie.

Tout là-haut, au gouvernement, ils ont donc décidé de nous abandonner en rase campagne. De faire de la petite tactique politicienne. De déserter le front républicain et de jouer avec le feu en mettant une grande partie du pays en danger.

Dans ma tête – et un peu à voix haute, j'avoue –, je fulmine. « Lâche. » « Privilégié. » Ce sont les deux qualificatifs que je ressasse tout au long de son interview sans pouvoir penser à rien d'autre.

Sur le canapé rouge, tout le monde semble consterné. C'est irrépressible : je me mets à pleurer de dépit. J'ai beau faire les cent pas, me lever, me rasseoir, rien n'y fait.

Direct dans trois minutes. Je m'enferme dans le studio juste à côté. Je suis tellement, mais tellement en colère.

*

Quand j'entre sur le plateau de la matinale pendant que Bruno Le Maire répond à sa dernière question, je suis dans un drôle d'état. Les membres de l'équipe de la matinale que je croise me lancent des regards inquiets. Je ne sais pas si c'est pour moi ou pour leur émission. Peut-être les deux. Je ne vois pas moi-même comment ça pourrait bien se passer.

Mais c'est du direct. C'est trop tard. Ça va commencer.

*

Jingle.

« ♫♫♫♫♫♫♫♫♫ Le 7-10, édition spéciale ! »

Nicolas Demorand (ND) : Oui, elle se poursuit avec la secrétaire nationale des Écologistes. Bonjour Marine Tondelier !

(Sur le replay vidéo, on voit Bruno Le Maire se lever et quitter le studio. Nous n'échangeons pas un regard. Ambiance.)

MT : Bonjour.

(J'esquisse un sourire comme je peux, mais mes yeux sont embués.)

ND : Le Nouveau Front populaire arrive en seconde position. 28 % des voix, je le rappelle, derrière le Rassemblement national et ses alliés à 33 %. Avant de nous projeter sur le second tour, votre analyse rapide du paysage politique sorti des urnes hier soir. Quels mots pour le décrire ce matin ?

MT : Écoutez, moi je vais réagir à ce que vient de dire Bruno Le Maire, parce que je suis : un, atterrée ; et deux, extrêmement en colère.

(On entend les sanglots dans ma voix.)

ND : On vous sent très émue.

MT : Très émue (*je craque un peu plus*). Parce que ça fait dix ans que je vis dans une ville tenue par le Rassemblement national. Et ce que vient de faire Bruno Le Maire, c'est un comportement de lâche et de privilégié. De privilégié. C'est hors sol, c'est lunaire, et ça n'est pas à la hauteur de l'Histoire.

(Des mois plus tard, je me rappelle encore ce moment précis où je me suis demandé comment j'allais pouvoir aller au bout de cette interview : « Tondelier, soit tu continues comme ça, à la rame, et tu vas finir par te noyer dans tes larmes, ça va être interminable et inaudible, personne n'aura rien compris. Soit tu trouves la ressource, tu te ressaisis et tu mets ce que tu as au fond de toi sur la table. Tu as dix minutes. Après il sera trop tard. »)

Est-ce que le Rassemblement national a la possibilité d'être en majorité absolue à l'Assemblée nationale ? La réponse est oui.

Est-ce que La France insoumise a la capacité d'être en majorité absolue à l'Assemblée nationale ? La réponse est non. Est-ce qu'ils ont la capacité d'avoir un Premier ministre ? La réponse est non.

Donc, il se trompe de problème.

Et je vais vous dire, heureusement que les électeurs de gauche et écologistes sont moins sectaires et moins lâches que ça, parce que c'est grâce à ça qu'ils [les macronistes] ont gagné en 2017. C'est grâce à ça qu'ils ont gagné en 2022. Et ils n'en seraient pas là sinon.

Et vous pensez que les 9 millions de pauvres dans ce pays, que les gens qui ont vécu et pris de plein fouet leur politique, ça leur a pas demandé du courage d'aller revoter pour eux en 2022 ? Mais ils savent pourquoi ils l'ont fait, et donc franchement je suis atterrée, vraiment.

Ils ont choisi le déshonneur aujourd'hui. Ils auront le déshonneur et la défaite, parce que le macronisme, c'est fini. Les résultats d'hier l'ont montré très clairement. Très très clairement.

ND : Mais vous entendez, euh, on entend votre émotion évidemment, Marine Tondelier…

MT : Et je vais vous dire : vous n'avez pas fini de l'entendre !

[…] Ce que je sais, c'est que le danger principal qui nous menace aujourd'hui, c'est d'avoir un Premier ministre d'extrême droite à Matignon dans huit jours.

Moi, je pense aux 3,3 millions de binationaux à qui on a quand même expliqué clairement qu'ils n'auraient plus le droit de travailler là où ils voulaient travailler avant. Je pense aux 50 % de femmes de ce pays, parce que chaque fois que l'extrême droite passe, les droits des femmes trépassent. Je pense aux personnes LGBT. Je pense aux personnes racisées, parce qu'il y en a des tas qui sont venues la boule au ventre nous dire qu'elles avaient peur parce que cette campagne, elle a été violente. Violente pour nous, pour les candidats. Mais violente pour eux, en première ligne. Qu'il y a une recrudescence de l'islamophobie et des actes racistes, on en a très peu parlé parce que tout le monde est obsédé par Jean-Luc Mélenchon, mais on s'en fout, de Jean-Luc Mélenchon. Franchement !

Ce qui compte, c'est le quotidien des Français. Et ces personnes, on va leur dire quoi, alors ? Qu'on a laissé tomber parce que Bruno Le Maire et ses copains s'étaient trompés de combat ? Je trouve ça irresponsable. Et puis je pense aussi aux associations qui ne savent pas dans quel cadre elles vont pouvoir continuer à exercer leur mission. Je pense aux fonctionnaires qui ne savent pas quelles sont les consignes qui leur seront données demain. Pour toutes ces personnes-là, on doit se battre et on n'a pas une seconde de temps à perdre à chicoter, comme on dit chez moi, à tergiverser, à couper les cheveux en quatre, à chercher des embrouilles pour rien. Il y a UNE priorité, c'est de les battre. Chaque seconde, chaque seconde jusqu'au dimanche doit être consacrée à ça. Chaque seconde.

[…] Celles et ceux qui se cherchent des excuses pour ne pas appeler à voter pour le Nouveau Front populaire ont le droit de le faire. C'est la démocratie. Mais chaque fois qu'ils n'appellent pas à voter pour le Nouveau Front populaire face au Rassemblement national, alors ils font s'approcher un peu plus l'extrême droite de Matignon. C'est juste ça que je dis et c'est la réalité des faits. À un moment, il faut regarder les trucs en face, on n'a que ça à faire. Pendant huit jours. Non-stop. Et si on n'est pas capable de le faire, c'est qu'on est un privilégié, qu'on est hors sol, qu'on n'est pas dans le sens de l'histoire. Et je vais vous dire, chez les Verts, ça fait une semaine qu'on répète ça…

Hier, les candidats écologistes qui avaient à le faire l'ont fait par instinct, par devoir moral, par devoir républicain. Vous pensez que ça leur a fait plaisir ? Vous pensez qu'ils étaient contents d'appeler à voter pour des candidats macronistes quand on voit la politique qu'ils ont menée ? Non. Absolument pas. Ni par plaisir ni avec le sourire. On l'a fait parce qu'on devait le faire. […]

ND : Merci, Marine Tondelier…

MT : Merci à vous.

ND : … d'avoir été au micro de France Inter. Secrétaire nationale des Écologistes.

Jingle.

*

Je finis groggy. J'ai mis toutes les forces qu'il me restait dans cet entretien. Et pour être tout à fait sincère, quand je sors du studio, je crois que tout est terminé pour moi.

Je suis une femme, jeune, écologiste et du Pas-de-Calais. Tout pour être dénigrée. Et en plus maintenant j'ai pleuré. Devant la France entière.

Je me doute bien que cet extrait va circuler. Pour moi, les choses sont assez prévisibles : je vais être moquée pendant des jours et des jours. On se souviendra de moi comme de celle qui a craqué. Qui n'a pas su gérer la fatigue. Pas su gérer la pression...

Je ne suis pas vraiment inquiète. Résignée, plutôt. J'ai fait ce que j'avais à faire. J'ai dit ce que j'avais à dire. Je ne pouvais pas faire autrement de toute façon. Au moins ai-je essayé de me jeter en travers des rails. Ils ne s'en tireront pas à si bon compte !

Je salue tout le monde, machinalement. On me demande si ça va, je réponds : « Oui oui, ne vous inquiétez pas. » Mais je n'en sais rien, à vrai dire. Là, tout de suite, j'ai besoin de sortir et de prendre une grande respiration à l'air libre. De voir des arbres. D'être dehors. Même l'air saturé de l'avenue du Président-Kennedy qui longe le bâtiment me fait envie. C'est dire !

*

Au rez-de-chaussée, dans le grand hall de la maison de la Radio, je croise une des employés. En pleurs. Elle s'avance timidement vers moi et me demande : « Je viens de vous entendre, je peux vous prendre dans mes bras ? » Alors on se serre, fort. Et on pleure toutes les deux. Moi qui avais fini par sécher mes larmes, ça repart de plus belle.

Elle me raconte en sanglots qu'elle écoutait Bruno Le Maire quelques minutes plus tôt et en a été paniquée. Qu'elle a été meurtrie, blessée, en voyant les minutes s'écouler sans que personne n'ose s'interposer. Que ce matin-là, vraiment, elle a eu peur de ce qui allait se passer. Et que lorsque j'ai pris la parole, j'ai posé des mots sur ce qu'elle ressentait et aurait eu envie de lui dire si elle l'avait eu en face d'elle.

Elle me remercie, plusieurs fois.

Cette discussion, je l'ai vécue à des dizaines de reprises dans les semaines qui ont suivi. Encore aujourd'hui. Les gens ont besoin de parler de ce moment qui les a marqués. Beaucoup d'auditrices et d'auditeurs, je pense, ont perçu cette émotion comme un miroir de leur propre inquiétude. Un moment de partage et d'humanité.

Oui, ce matin-là, j'ai pleuré.

J'ai pleuré parce que je crois.

Parce que je crois à une France capable de savoir refuser l'extrême droite.

Parce que je crois que ce que nous sommes en train de bâtir, cette union de la gauche et des écologistes, ce front républicain, est la meilleure réponse à l'urgence climatique, sociale et démocratique.

J'ai pleuré parce que je vois jusqu'où les tenanciers du système sont prêts à aller pour l'éviter.

J'ai pleuré parce que j'ai décidé de me battre, sans jamais renoncer.

2

Du mépris et des insultes

Ma réaction sur France Inter venait de loin.

L'attitude de Bruno Le Maire, sa certitude hautaine et méprisante, étaient tellement symptomatiques d'une caste coupée de tant de Français que ce sont des strates de colère et d'impuissance longtemps contenues qui ont jailli ce matin-là chez moi...

Ces larmes, c'est tout ce qui nous sépare.

*

Je viens d'Hénin-Beaumont, dans le bassin minier du Pas-de-Calais. Un territoire singulier, qui ne ressemble à aucun autre.

Ici, pendant plus d'un siècle, des hommes sont descendus chaque jour dans les entrailles de la terre pour en extraire le charbon qui a fait tourner la France. Ils y ont laissé leur santé, leurs forces, parfois leur vie.

Ils n'ont pas demandé de médailles. Ils ont demandé qu'on s'occupe de leurs enfants.

Mais, quand les puits ont fermé, il n'y a pas eu de plan. Il y a eu le chômage, les friches, la désespérance sociale, les pathologies chroniques… Et puis l'oubli.

Enfin, pour ceux qui sont loin. Chez nous, on n'oublie rien…

*

En janvier 2017, Emmanuel Macron, alors candidat à sa première élection présidentielle, est venu faire campagne dans ma région. Il a évoqué « le tabagisme et l'alcoolisme » du secteur, et ça a provoqué un tollé.

Le lendemain, il persiste et signe, « conforme à sa volonté de nommer les choses et d'affronter la réalité, il ne retire pas un mot à ce qu'il a dit », écrit son équipe dans un communiqué.

Il y a des conduites à risque que je ne minimise pas. Qui ont d'ailleurs des causes un peu plus profondes, qu'il semble, lui, occulter, sans faire le lien avec la débâcle économique qu'aucune politique, en particulier celle qu'il venait de mener pendant deux ans au ministère de l'Économie, n'est parvenue à endiguer. Disons aussi qu'il y a des addictions plus stigmatisantes que d'autres.

Lui aussi, il habite le Pas-de-Calais. Mais pas n'importe où : dans sa ville la plus chère, Le Touquet. Un département, deux ambiances.

S'il voulait parler de la santé dans le bassin minier, il aurait pu parler de l'amiante et de la silicose, du travail qui abîme. De la pollution aussi, de l'air, de notre eau et de nos sols.

Dans l'arrondissement de Lens-Hénin où j'ai grandi, la surmortalité atteignait, quand je suis devenue élue, 64 % par rapport à la moyenne nationale. On me disait que c'était l'un des écarts les plus élevés d'Europe entre un territoire et sa moyenne nationale, hors territoires dits d'outre-mer.

C'est aussi lié au fait qu'ici, avoir un médecin traitant, consulter un dentiste ou un spécialiste est devenu un parcours du combattant. Le Pas-de-Calais, c'est le désert médical le plus peuplé de France après la Seine-Saint-Denis.

Alors s'inviter sur un territoire pour y asséner des leçons de morale, repartir en insultant les politiques locaux, présentés comme « une coalition de bien-pensants », montre que jamais, jamais on n'aura la même conception de la politique.

*

En 2014, lorsque la ville tombe entre les mains du Front national, je deviens élue d'opposition au conseil municipal d'Hénin-Beaumont. La seule écologiste.

Ce territoire, j'y suis viscéralement attachée, mais inutile de vous dire que j'en ai bavé.

Les conseils municipaux sont d'une pénibilité sans nom. Les troupes de la majorité RN nous insultent alors que le maire est censé assurer le bon déroulement des débats.

« Rabats le capot, on voit l'moteur » (ça, c'est un jour où j'avais mis une robe). « Prenez un laxatif » (ça, c'est le maire, avec son adjoint à côté qui renchérit : « Steeve, tu voulais dire un Lexomil, non ? »). « Hystérique », « socialope », « idiote », « Donnez-moi un couteau pour la faire taire », « Vous détestez cette ville et tous ses habitants », « Les écolos étaient des collabos alors que Jean-Marie Le Pen, lui, a essayé de rejoindre la Résistance pendant la guerre, mais ils ont pas voulu l'intégrer parce qu'ils étaient trop sectaires » (au RN, on se donne bonne conscience comme on peut). Je pourrais écrire un chapitre entier à leur sujet. On a tout vu, tout entendu.

Les réseaux sociaux se sont aussi transformés en défouloir organisé. Tous nos soutiens, ainsi que des habitants qui s'indignent de ces attaques obsessionnelles, ou simplement osent poser une question, sont bloqués de la page Facebook de la ville. Et à un citoyen récemment allé demander à la mairie pourquoi il n'avait plus accès aux réseaux sociaux de sa propre commune, le service communication a fait répondre : « Il doit y avoir un problème avec votre serveur »... Ils nous prennent pour des abrutis en plus !

Ils s'en sont pris à ma famille, aussi. Ma sœur a été radiée des listes électorales, suspectée, à grand renfort de communiqués sur « les magouilles électorales de la famille Tondelier », d'habiter de manière « complaisante » chez mes parents. « À vingt-huit ans, quand même, on va pas nous faire croire qu'elle est encore étudiante ! » Eh bien si, elle est interne en chirurgie. Diffamez, diffamez, il en restera toujours quelque chose...

Mon fils est par ailleurs le seul enfant de la ville à n'avoir jamais reçu son cadeau de naissance. Le traditionnel courrier de félicitations l'accompagnant avait pourtant été préparé par le service administratif de la mairie. Que s'est-il passé ? Un oubli peut-être. Ou du sectarisme plus sûrement. Avec eux, c'est bien connu, les préjugés commencent dès la naissance.

Au RN, on agit en bande organisée… et en famille ! La mère de Steeve Briois, élue RN de la ville voisine et conseillère régionale, a pris la présidence de la plus grosse association de la ville, Le Temps de Vivre, un club destiné aux personnes âgées, et m'a personnellement empêchée d'entrer dans la salle où se tenait un repas des aînés, alors qu'on avait l'habitude, en tant qu'élus, de venir saluer tout le monde, comme « Steeve » lui-même le faisait d'ailleurs quand il était élu d'opposition : « C'est un repas privé, réservé aux adhérents. » Marine Le Pen, elle, était bien à l'intérieur.

Et puis il y a le journal municipal. L'organe de propagande central. Chaque mois, depuis bientôt douze ans, dans toutes les boîtes aux lettres de la ville, a lieu la distribution gratuite de propos discréditant l'opposition, entre un reportage sur les bacs à fleurs et la mise en valeur héroïque de l'action des élus frontistes.

Une fois pour expliquer que j'aurais bénéficié de je ne sais quel parachute doré, une autre pour dire que j'aurais bousculé une personne âgée. Et puis très régulièrement pour expliquer que je n'habiterais plus à Hénin mais à Paris. Et le pire, c'est que, plus c'est gros, plus ça passe ! Un jour, une dame de ma rue que je croise en allant conduire mon fils à l'école me dit : « Tiens, vous êtes revenue habiter ici ? – Mais enfin, je ne suis jamais partie, on est quasiment voisines. – Oui, ça me paraissait bizarre aussi, mais bon, c'était écrit. » Oui, tout cela est performatif.

Un autre jour sur le marché, après des mois de tribunes du maire pour expliquer que je serais « stérile et revancharde », un gars très sympa à qui je tendais un tract me dit en rigolant : « Ah mais c'est vous, Marine Tondelier, qui êtes frigide et revancharde ? » À Hénin-Beaumont, les quolibets sont conçus comme une musique entêtante qu'on mémorise sans s'en rendre compte et même si on n'y adhère pas. J'ai fait l'expérience, personnellement, de la force de la communication à la Trump, avant qu'il ne devienne président des États-Unis... Oui, on peut dire que ce territoire m'a forgée dans l'adversité. Une école sans pareille !

*

Le RN n'y va pas de main morte. Les méthodes de ces gens sont brutales. Ils ne supportent pas la contradiction. Ils ne supportent pas l'altérité. Et ils font tout pour l'écraser. Que ce soit avec des élus, des syndicalistes, des journalistes, des employés municipaux, des associatifs, des commerçants, des artistes : je les ai vus faire.

Ils m'ont appris à garder mon calme en toutes circonstances, et celles et ceux qui me connaissent depuis longtemps savent que ça n'était pas gagné. Ils m'ont appris l'endurance, la résilience, ont forgé ma détermination.

Ils pensaient me faire craquer, ils m'ont rendue plus forte. Ils s'acharnaient, mais ils ne savaient pas qu'ils étaient en train de me former. Coachs malgré eux !

Je les connais par cœur. Leurs obsessions rances et dangereuses, leur prétendue « stratégie » de dédiabolisation qui, comme son nom l'indique, n'est bien qu'une stratégie, leurs intimidations, leurs menaces. Et je me suis toujours dit : « Ça, c'est juste dans une ville de 27 000 habitants – imagine s'ils avaient tous les moyens de l'État. »

Et ça, il n'en est simplement pas question.

Alors ce matin du 1er juillet 2024, sur France Inter, comme le soir du 9 juin, au moment de la dissolution, quand une grande partie de la classe politique se partageait entre sidération et tergiversations, j'ai tracé tout droit. Par instinct. Par expérience.

3

7 juillet 2024 : le sursis

Une soirée électorale, c'est une scène de théâtre national bien rodée, presque liturgique. Chez les politiques et les journalistes, chacun y joue son rôle, les postures sont attendues.

Chez les Françaises et les Français, il y a celles et ceux qui regardent seuls, crispés. Celles et ceux qui vivent la soirée en famille, entre amis, qui débattent, qui s'engueulent. Il y a aussi les vrais aficionados qui restent jusqu'au bout de la nuit, les yeux rivés sur l'écran, pour écouter la litanie des politiques qui se succèdent sur les plateaux télé, chacun y allant de son commentaire.

Mais ce soir-là, ce 7 juillet 2024, alors que la France entière attend le résultat du second tour des élections législatives anticipées à la suite de la dissolution voulue par Emmanuel Macron, tout est inédit. Les chiffres records de la participation, 66,63 %, l'attestent – ils n'ont jamais été aussi élevés depuis 1981. Les audiences aussi : les meilleures pour une soirée électorale depuis 2007.

Je fais souvent le test en réunion publique en posant la question à la salle : toutes, tous, se rappellent exactement où ils étaient ce soir-là, dans quel état ils se trouvaient juste avant l'annonce des résultats, et ce qu'ils ont ressenti au moment de leur dévoilement. Et en général, quand ce sont des salles militantes, je les fais même applaudir, parce que j'ai toujours trouvé essentiel d'apprendre à célébrer les victoires.

L'idée n'est pas de s'autocongratuler, ni de se complaire dans la nostalgie, comme si tel ou tel moment avait suffi à régler tous les problèmes. Chaque centimètre gagné sur le découragement mérite d'être honoré. Dans les combats politiques épuisants qui sont les nôtres, faits de tensions et de revers, la joie est une forme et une force de résistance. Refuser de célébrer, c'est offrir au cynisme une victoire silencieuse.

Quand nous remportons une circonscription, qu'un texte de loi avance, qu'un slogan allume une étincelle dans le regard d'une militante ou d'un militant, qu'un moment politique nous rend fiers, alors oui, il faut lever la tête, se sourire, s'embrasser, et – pourquoi pas – danser ! Car la victoire, même partielle, est une preuve que le réel peut encore être déplacé. Et ça, c'est précieux. Presque révolutionnaire.

*

Ce 7 juillet 2024, nous sommes donc des millions à attendre, à espérer, à redouter. Comme nombre de mes concitoyens, j'ai la boule au ventre depuis quelques heures. Depuis des semaines en fait.

Il faut dire qu'on nous martelait avec force un unique scénario possible : l'extrême droite en tête et Jordan Bardella à Matignon. Tous les sondages – il y en a eu 27 ! – faisaient la même prévision ; tous les plateaux, toutes les conversations tournaient autour de ça.

Alors ce soir-là, je ne suis pas seulement une responsable politique. Je suis une citoyenne suspendue comme tant d'autres au destin de mon pays. Je sais que tout peut basculer. Et je repense à cette campagne, si courte, si intense, si improbable.

*

19 h 20

Je suis seule dans mon bureau, au siège des Écologistes, et je n'en mène pas large…

Dans les locaux, on tourne à l'adrénaline depuis des jours. On n'a pas beaucoup dormi, depuis trop longtemps. On a enchaîné les négociations, l'organisation de la campagne, et la campagne elle-même. Rincée mais en alerte, je tente de rédiger le discours que je dois prononcer à 20 h 10… sans avoir la moindre idée de l'issue d'un scrutin aussi serré qu'historique.

Nous tenons une visioconférence des chefs de parti du Nouveau Front populaire, mais les premières estimations « off » des sondeurs qui commencent à tomber se contredisent. On n'y voit pas assez clair, alors on se donne rendez-vous plus tard et chacun d'entre nous traverse désormais ce moment suspendu seul de son côté.

19 h 45

Pour ne pas vaciller, je m'accroche à ce que je peux : le fait d'avoir tout donné. J'ai toujours géré le stress ainsi, en me répétant : « J'ai fait tout ce que j'ai pu, je n'ai rien à regretter, advienne que pourra. »

Mais a-t-on fait assez ? Est-ce que ça suffira ?

Je noircis ma feuille de notes auxquelles je pourrai me raccrocher quand j'aurai à prendre la parole. Plusieurs fois, une tête passe dans l'entrebâillement de la porte, pour me tenir au courant des prédictions qui s'affinent et qui confirment ce que j'espérais depuis le début : on l'a fait. Le Nouveau Front populaire est en tête.

Je ne sais pas si c'est par superstition ou par concentration mais je n'y prête pas vraiment attention, je ne réalise pas vraiment. Ou plutôt je refuse d'y croire. Je continue à écrire, à raturer, à corriger, en me disant qu'on ne sera fixés qu'à 20 heures.

20 h 00

Je suis arrachée à mes pensées par une clameur venant de la rue. Je sursaute. Je ne comprends pas tout de suite. C'est pourtant si évident : c'est l'expression de la joie pure, de la délivrance. Les militants qui sont au rez-de-chaussée accueillent avec exaltation les résultats qui viennent de s'afficher à l'écran installé pour l'occasion.

C'était impossible. Alors nous l'avons fait.

Dans la pièce à côté, j'entends Cyrielle Chatelain crier. La présidente du groupe écologiste à l'Assemblée nationale, rencontrée quinze ans plus tôt chez les Jeunes Verts, entre dans mon bureau et nous pleurons un bref instant. Loin des sanglots de France Inter, ce sont des larmes de soulagement, des larmes d'allégresse.

Mais il faut vite se ressaisir : se préparer, descendre, s'adresser aux militants présents, en liesse, et aux Français puisque l'intervention sera télévisée.

20 h 10

Le rez-de-chaussée de notre local d'alors – au 11, rue des Petits-Hôtels, près de la gare du Nord – est noir de monde. Tout le monde est très ému. C'est là que tout a commencé le 10 juin dernier, après la dissolution. Là que la foule s'est massée dans la rue pour espérer, avec nous, que l'union advienne et l'encourager à coups de slogans. Là que, avec les chefs des autres partis de gauche, nous nous sommes réunis malgré nos différends.

Je repense à ce que j'ai vu dans leurs yeux pendant ces quatre jours de travail pour nouer l'accord historique du Nouveau Front populaire : une gravité nouvelle. Nous n'avions plus le droit de nous disperser. L'Histoire avait frappé à notre porte, et nous lui répondions.

Les militants écologistes le savent : nous avons joué un rôle déterminant dans cet accord et dans cette campagne. Et si les échanges se sont noués et ont abouti dans le local des Écologistes, ce n'est pas un hasard.

*

Il ne faut pas oublier que l'écologie politique a une histoire et une identité politique distincte de celle des « gauches » traditionnelles. Nous ne sommes pas enfermés dans la stratification de leurs déchirements successifs entre – pour faire vite – une prétendue « pureté révolutionnaire » d'un côté et un présumé « réformisme » de l'autre.

Selon moi, la sacralisation théorique de ce clivage est d'ailleurs discutable à bien des points de vue, même si j'en comprends parfaitement les fondements historiques et la pertinence sur certains sujets. Mais en réalité, il sert aussi d'alibi pour théoriser à des fins tactiques des différences opportunément présentées comme insurmontables.

Libre de ce fardeau, l'écologie a été en mesure non pas de se contenter de jouer un rôle de facilitatrice, ou de « plus petit dénominateur commun », mais d'être un creuset ayant permis de construire une synthèse politique dynamique dans ce moment décisif pour le camp de la gauche. Car si l'écologie a permis d'imposer un espace de dialogue, ce n'est pas seulement parce qu'elle aurait été « à mi-chemin » des deux principales forces issues de la gauche traditionnelle (le Parti socialiste et La France insoumise), mais aussi parce qu'elle est « centrale ». La question n'est donc pas simplement celle du rôle personnel que j'ai pu jouer. Cela vient de bien plus loin.

Au XIXe et au XXe siècles, les grandes questions politiques « disputées » – et autour desquelles les camps se structuraient – étaient la question démocratique (c'est le moment de la fin des monarchies et des empires et la naissance des républiques et des démocraties libérales modernes) ainsi que la question sociale, qui allaient de pair.

Plus récemment, et notamment au XXIe siècle, la question écologique a pris de l'ampleur, s'additionnant à ces deux enjeux. Dès lors, l'écologie politique redessine et revisite les lignes de fracture et de définition entre les différentes propositions politiques de notre époque. D'une certaine manière, je pense que c'est cette « centralité » politique nouvelle de l'écologie qui nous a conduits à assumer ce rôle de force agglomérante lors de la création du NFP.

*

Lorsque je monte sur l'estrade le soir du 7 juillet, je suis fière de toutes celles et tous ceux qui sont rassemblés devant moi, car c'est ensemble que nous l'avons fait, solides et solidaires, dans un élan commun. Mais je sais aussi que, si nous venons d'empêcher la bascule de la République dans les mains de l'extrême droite, cela ne suffira pas.

Il nous faudra, dès le lendemain, inventer autre chose. Prouver que l'union n'était pas une exception, mais une méthode durable. Faire avec les blessures, les méfiances, les colères toujours là.

C'est peut-être ça, la vérité de cette soirée. Ce n'était pas un triomphe, c'était une porte entrouverte. Une porte qu'il nous appartiendrait d'emprunter, ensemble, pour écrire la suite. Pour construire, convaincre, gouverner sans se renier. Tenir la promesse faite dans les tracts, les meetings, les regards échangés sur les marchés.

Parce que cette victoire n'est pas la fin de l'histoire. C'est en réalité un sursis.

*

Les mois passent et je n'oublie pas.

Les mois passent et je ne comprends pas. Qu'y avait-il de si compliqué à continuer sur notre lancée ? Pourquoi certains se sont-ils sentis obligés de tout gâcher ? En quoi le danger serait-il moins grand aujourd'hui ? En quoi aurions-nous soudainement le luxe de la division ?

J'ai l'impression d'être dans la fable de la grenouille. Pas celle qui « se veut faire plus grosse que le bœuf », non. Celle qui, quand on la plonge dans un récipient d'eau bouillante, s'échappe d'un bond, par réflexe. Et sauve sa peau ! Comme nous cet été, avec cet accord construit et scellé en quatre jours à peine…

Mais, toujours selon cette fable, si vous la placez plutôt dans un récipient d'eau froide, et que vous portez cette eau très progressivement à ébullition, la grenouille ajuste sa température corporelle en conséquence. Elle s'habitue, elle s'engourdit. Jusqu'au moment où la température n'est plus tenable : trop affaiblie pour s'échapper, elle meurt.

J'ai peur que ce ne soit le cas d'une grande partie de notre camp politique en ce moment. Passé l'électrochoc de la dissolution, certains ont la sensation erronée d'avoir le temps, entretiennent l'illusion de pouvoir mieux faire seuls que nous tous ensemble. Et nous courons exactement le même danger que cette grenouille qui sent venir le risque trop tard. C'est à la fois vrai vis-à-vis de la montée du fascisme, et vis-à-vis des crises écologiques !

À longueur de journée, j'ai l'impression de vivre entourée de somnambules. C'est d'ailleurs le qualificatif qu'utilise l'historien Christopher Clark à propos du personnel politique qui, en 1914, n'a pas vu venir la guerre et a pris des décisions sans en mesurer les conséquences sur le long terme.

Notre société est somnambule. Elle ne comprend même plus ce qui lui arrive. Elle avance, les yeux fermés. Elle somnole. Confortée dans cet état par tous ces marchands de sable, qui pensent faire fructifier leurs intérêts financiers ou électoraux en la maintenant endormie.

Voilà notre problème. Et il est temps de se réveiller !

4

L'écologie face à l'économie punitive

Comment a-t-on pu accepter à ce point et si longtemps que l'économie soit punitive pour tant de monde ?

Je pointe ici l'économie des puissants, ce capitalisme toxique, qui privatise les gains, spécule sur les destructions environnementales et fait peser les pertes sur la collectivité.

« Si le seigneur d'une province est riche, tout son peuple sera heureux… », avançait déjà le samouraï Kumazawa Banzan au XVIIe siècle. Cette idée du ruissellement qu'on nous sert toujours quatre cents ans plus tard, selon laquelle il faut permettre l'enrichissement des personnes les plus riches afin que celles-ci réinjectent ensuite cet argent dans le système économique, ne passe pas l'épreuve des faits… Qui y croit encore ?

Non, la richesse ne ruisselle pas sur celles et ceux qui travaillent et essayent d'agir pour le bien commun. Sur celles et ceux qui se lancent dans un projet de microentreprise, celles et ceux qui soignent, celles et ceux qui enseignent, celles et ceux qui construisent... Sur la majorité d'entre nous, en somme.

Le capitalisme actuel, à la fois néolibéral, financiarisé et technologique, s'impose comme le plus destructeur de tous, en enrichissant une minorité tandis que le reste de la population en subit lourdement le coût et les conséquences. Les chiffres fournis par Oxfam sont implacables : les 1 % les plus nantis possèdent plus de richesses que 95 % de l'humanité (rapport de 2024).

*

C'est une réalité bien connue, je ne vous apprends rien. Et pourtant, on continue parfois à faire comme si les seuls « crédibles » étaient ceux qui nous expliquent doctement que « c'est comme ça que ça marche », et surtout « pourquoi ça ne pourrait pas marcher autrement ».

Des sachants du genre Bruno Le Maire, qui a donné des leçons d'économie au NFP tout l'été 2024, du haut de ses sept années à Bercy. Cette faculté à nous expliquer la vie est, de la part de quelqu'un qui a commis l'exploit de laisser la dette se creuser comme personne – elle est passée de 2 000 à 3 000 milliards pendant qu'il était en poste, quand même ! –, tout en aggravant les inégalités et sans investir dans notre avenir, est assez impressionnante, avouons-le.

La Cour des comptes – dans le genre crédible, on ne fait pas mieux – a d'ailleurs pointé dans ses rapports que les 500 plus grandes fortunes ont vu leur patrimoine plus que doubler entre 2017 et 2023, tout en bénéficiant de cadeaux fiscaux disproportionnés.

Les cadeaux fiscaux faits aux plus riches par les gouvernements successifs d'Emmanuel Macron (et jugés irréversibles) représentent 40 à 60 milliards par an et n'ont eu aucun effet mesurable sur l'investissement ou la croissance. Ces largesses sans compensation ont creusé le déficit public et obligé à des restrictions budgétaires inégalement réparties – affectant services publics, collectivités locales, retraites, etc.

*

Les gouvernements qui se succèdent nous parlent de rigueur, de sérieux budgétaire. Mais quelle rigueur ? Celle qui publie des prévisions budgétaires gravement erronées, comme l'a regretté la Cour des comptes en 2024 ? Celle qui laisse filer la dette tout en punissant ceux qui n'ont déjà plus rien ? La dette, toujours brandie comme un épouvantail, comme une arme de chantage aux Français et de stigmatisation des pauvres…

Le démantèlement accéléré des services publics – qui sont le patrimoine de ceux qui n'en ont pas – est aujourd'hui censé permettre le remboursement d'une dette qui ne cesse d'enfler. La vérité est que leur « pragmatisme » est au mieux un renoncement, au pire une soumission. Et que ce modèle économique est punitif. Robin des Bois à l'envers : fort avec les faibles, faible avec les forts.

Alors ce qu'on attend de Bruno Le Maire et consorts, ce ne sont pas des leçons : ce sont des excuses.

Vous allez peut-être vous dire que je fais une fixation sur lui, mais ce n'est pas sa personne qui m'importe : c'est ce qu'il incarne, et qui me dérange profondément. Car c'est exactement ça qu'il faut changer. Nous ne pouvons plus continuer à vivre dans une société où les prétendues « grandes lois de l'économie » qui ne sont votées par personne s'imposent face à nos choix démocratiques et à l'intérêt général.

*

Je collectionne les affiches de l'époque du Front populaire, que je trouve souvent d'une grande beauté graphique. Cela va peut-être vous étonner, mais mes préférées sont celles du camp adverse, tant elles sont caricaturales, frôlant l'absurde. À ce stade-là, c'en est presque artistique !

Je pense par exemple à cette affiche éditée par Ordre et bon sens (rien qu'au nom de l'organisation, on sent qu'on est bien partis pour rire), une organisation de droite soutenue par le patronat : un immense poing rouge, qui représente les syndicats, pousse un ouvrier d'une falaise. En bas, dans une fosse, l'attendent des mots terribles : « chômage », « misère », « vie plus chère » et « bien-être amoindri ». La légende ? « Une fois de plus trompé par l'Internationale, le travailleur français se laissera-t-il prendre au mirage ? » Le mirage en question, c'est le passage à la semaine de 40 heures, évidemment.

Sur une autre, on voit d'ailleurs une énorme roue passer littéralement sur le corps d'un ouvrier dont seul le haut du buste dépasse, un bras en l'air, appelant désespérément à l'aide. Inscrit sur la roue : « Après les assurances sociales, la semaine de 40 heures écrasera le travailleur français. »

La propagande, il y a quatre-vingt-dix ans, essayait donc de faire croire aux ouvriers que les droits sociaux étaient en fin de compte mauvais pour eux. Aujourd'hui, qu'est-ce qui a changé ? On veut les persuader que si on baisse les impôts des plus riches, quitte à financer cette mesure en rognant sur les services publics, c'est pour leur bien. Que s'ils sont patients, ils bénéficieront du ruissellement. Beauté graphique en moins, arrogance intacte !

Un sondage Ifop réalisé au printemps 2023 montre que 42 % des Français gagnant le Smic ou moins se privent d'un repas au quotidien pour ne pas finir dans le rouge. Et en juillet 2025, l'Insee a annoncé que le taux de pauvreté[1] a atteint en France un record depuis trente ans : 9,8 millions

1. Le seuil de pauvreté correspond à un revenu disponible de 1 288 euros par mois pour une personne vivant seule, et de 2 705 euros pour un couple avec deux enfants âgés de moins de quatorze ans (source Insee, 2023, rapport publié en 2025).

de personnes, soit 15,4 % de pauvres (données 2023).

*

Face à cet obscurantisme, nous, les Écologistes, devons toujours assumer de dire que les règles biaisées du jeu économique doivent changer. Non, nous ne sommes pas des doux rêveurs, déconnectés des réalités économiques. Au contraire, notre projet est – je l'affirme haut et fort – réaliste et visionnaire en la matière.

Ce que nous appelons la « transition écologique de l'économie » est une idée qui repose donc sur deux piliers, et en l'occurrence sur deux « limites ». Une limite écologique à ne pas dépasser, qui correspond à la capacité de la planète à fournir des ressources renouvelables et à absorber les conséquences de l'activité humaine. Et une limite sociale, qui se traduit par l'accès aux biens nécessaires pour une vie digne et heureuse. Le prix de la transition ne doit pas être synonyme de sacrifices pour les plus modestes.

Ce principe, ce modèle, est celui de la « théorie du Donut » modélisée par Kate Raworth, enseignante à l'université d'Oxford. Pour celles et ceux qui connaissent le dessin animé *Les Simpson*, vous visualisez sans doute la pâtisserie qu'affectionne Homer… Imaginez donc ce donut : la partie extérieure du gâteau matérialise les limites planétaires (le plafond environnemental), et la partie intérieure, les limites sociales (le plancher social). Au-delà, on tombe dans le vide autour ou au milieu de la pâtisserie. Le seul espace sûr et souhaitable pour l'humanité est donc bien l'anneau du donut : entre les besoins sociaux minimums et les plafonds écologiques à ne pas franchir. L'enjeu est de rester dans cette partie !

Si l'image peut faire sourire, le modèle qu'elle illustre est solide. Et c'est en cela que l'opposition caricaturale entre la peur de la fin du monde et celle de la fin du mois n'a pas de sens. Choisir entre les deux est une impasse qui conduit à notre perte.

Toutes les consultations et études le montrent, et lors de la Convention citoyenne pour le climat c'était particulièrement clair : la transition écologique ne réussira que si elle est juste. C'est pour cela que l'on porte la hausse du Smic et des bas salaires, leur indexation – comme celle des minima sociaux – sur l'inflation, une fiscalité équitable pour que ceux qui échappent à l'impôt paient leur part : parce que ce n'est pas aux victimes du modèle actuel – travailleurs, chômeurs, jeunes, retraités précaires – de prendre en charge le prix du changement. Ce système à bout de souffle, ce ne sont pas eux qui l'ont construit, ils le subissent.

*

Le modèle économique actuel est confisqué par des firmes internationales particulièrement puissantes. Notamment celles des technologies numériques. Vous savez : Amazon, Google, Meta, OpenAI, Apple, Microsoft ou X pour les américaines, Huawei,

Alibaba ou TikTok pour les chinoises. La liste n'est pas exhaustive. Combinée à ces firmes, la financiarisation continue de saper une économie « réelle », fondée sur la production de biens ancrée dans les territoires, créatrice d'emplois et de liens, pour privilégier la rentabilité financière à court terme.

Ce modèle dominant ne fait qu'aggraver la misère, mais il détruit aussi notre environnement. L'ensemble des secteurs précités repose en effet sur un modèle de production et de consommation extractiviste, c'est-à-dire sur l'utilisation de matières premières non renouvelables et notamment d'énergies fossiles. Entre 2016 et 2022, 57 entreprises productrices de combustibles fossiles (gaz, pétrole et charbon) et de ciment ont été à l'origine de 80 % des émissions fossiles liées au CO_2 sur cette période (carbonmajors.org). On voit bien que les nouveaux oligarques, comme Elon Musk, Jeff Bezos ou Mark Zuckerberg, semblent évoluer dans un monde parallèle où les réalités du changement climatique n'existent pas, sans doute parce qu'ils pensent que leurs moyens financiers leur permettront d'y échapper.

Il faut comprendre que cette nouvelle combinaison économique repose sur une radicalisation du capitalisme qui entraîne une concentration toujours plus forte de la richesse – et du pouvoir – dans les mains de méga-entreprises exerçant un contrôle accru sur nos vies, nos emplois, nos démocraties. Dans leur logique, nous devrions renoncer à nos droits de citoyennes et de citoyens pour devenir de simples consommateurs dociles – tout en poursuivant l'exploitation de la planète et la destruction de nos emplois. Un véritable scénario cauchemar.

*

Regardez ce qu'ils font de nos métiers : ils veulent des usines sans ouvriers, remplacer les agents publics par des robots et des algorithmes, une agriculture sans agriculteurs, des commerces sans commerçants, des restaurants sans restaurateurs, une culture sans artistes, et tout à l'avenant…

Le marché a toujours fait partie des sociétés. C'est d'ailleurs un plaisir du week-end que de pouvoir aller rencontrer directement les producteurs et acheter de quoi cuisiner. Le problème, ce n'est pas le concept de marché en soi, mais la prédation par des grosses entreprises sur les petites. C'est Lactalis qui impose un prix de rachat du lait ne permettant plus aux éleveurs de vivre. C'est Shein qui détruit le secteur de l'habillement avec des habits très peu chers mais jetables et polluants. Nous refusons le saccage de la planète par quelques-uns, pas la liberté d'entreprendre, de produire et de consommer. Les Écologistes veulent mieux réguler l'économie de marché en imposant des conditions de travail dignes, une prise en compte des limites planétaires et un partage du revenu, qui n'accroissent pas les inégalités.

On ne peut plus faire comme si les incendies géants en Grèce ou au Canada, les récoltes détruites par les sécheresses en France, les inondations meurtrières à Valence ou les vagues de chaleur à 50 °C en Inde n'avaient rien à voir avec ce modèle économique. Comme si l'économie mondiale pouvait continuer à fonctionner avec un climat qui déraille. C'est totalement irresponsable.

Chaque degré de réchauffement réduirait le PIB mondial de 12 %, d'après le National Bureau of Economic Research. En comparaison, agir coûterait environ 1 % du PIB. L'inaction devient une destruction active de valeur.

Selon l'ONU, les catastrophes climatiques ont d'ailleurs coûté près de 3 000 milliards de dollars entre 2000 et 2019. Rien qu'en 2024 les événements climatiques extrêmes ont provoqué plus de 320 milliards de dollars de pertes économiques dans le monde. En France, les assurances climatiques sont en train d'exploser. C'est ça, une économie « rationnelle » ?

*

Face à cela, et c'est le plus important, la bonne nouvelle est que des solutions existent. Et elles reposent sur une idée extrêmement simple : reprendre le contrôle sur ce dont dépend notre subsistance.

Car c'est bien là qu'est le cœur du problème : la croyance dans la fable libérale nous a fait perdre la maîtrise de nos vies, de notre avenir, de notre sécurité.

Le modèle économique que je défends repose sur une dynamique vertueuse : il valorise l'ensemble des territoires, crée des emplois durables et nombreux, tout en restant sobre en énergie et en ressources.

En France, selon l'Ademe, la transition écologique pourrait générer plus de 900 000 emplois à l'horizon 2050. Les filières des énergies renouvelables, de la rénovation thermique, des mobilités douces, de l'économie circulaire sont en pleine expansion. Et elles pourraient être bien davantage accompagnées en réorientant les aides encore dévolues aux secteurs du fossile…

Oui, la transition peut créer de nouveaux emplois. Mais la Chine est déjà une concurrente et une rivale sérieuse. Si la France ne prend pas le virage économique et écologique, elle se fera écraser. Près de la moitié des investissements mondiaux dans les énergies renouvelables ont lieu en Chine, qui elle-même a aussi massivement subventionné les voitures électriques. Alors qu'en France les reculs environnementaux s'enchaînent et que l'Union européenne est en train d'affaiblir sa directive sur la durabilité des entreprises, la Chine, elle, est en train de l'imposer à ses firmes. Le monde à l'envers…

Dans le photovoltaïque, la part de l'Europe dans le parc mondial a chuté de 75 % en 2010 à 15,1 % en 2024. Les Européens sont désormais loin derrière la Chine. Ce n'est pas la faute des entrepreneurs mais des politiques défavorables qui ont été mises en place ces dernières années.

Et je le dis, d'un point de vue écologiste comme d'un point de vue économique, c'est une honte !

Il faut assumer politiquement des choix clairs : une fiscalité juste combinée à la fin du contournement fiscal, des investissements massifs dans la transition écologique, une relocalisation des productions stratégiques, et une politique monétaire et une stratégie d'emprunts communs tournées vers l'intérêt général.

Cela implique de redéfinir ce que l'on appelle « l'ambition économique ». Pour nous, cette ambition peut et doit être alignée sur le vivant, ancrée dans les territoires et les personnes qui y vivent, bref, tournée vers l'avenir. Et c'est là que nous avons besoin des talents des salariés et des entrepreneurs qui souhaitent s'engager sur le chemin de cette transformation de l'économie.

*

Ça tombe bien : nombreux sont ceux qui participent à la vie économique et refusent un jeu faussé qui avantage toujours les mêmes. Des économistes de toutes nationalités estiment par ailleurs qu'une transition écologique juste, sociale, doit constituer un pilier central et un moteur de l'économie contemporaine.

Aux dernières Rencontres économiques d'Aix-en-Provence, le plus grand forum économique et social d'Europe, en juillet 2025, les chefs d'entreprise et les acteurs économiques avec qui j'ai pu échanger avaient en moyenne bien mieux compris les problématiques écologiques que la grande majorité de la classe politique française. Ils savent que l'économie de demain ne ressemblera pas à celle d'hier. Ce qu'ils demandent, c'est un cadre clair de transition et de la prévisibilité. L'inverse de ce qu'il se passe en ce moment, en somme… Ce qui m'a valu une belle passe d'armes en plénière avec le ministre chargé de l'Industrie et de l'Énergie.

Ce jour-là à Aix, ils sont plusieurs à être venus me demander, inquiets, comment faire face aux mesures de recul environnemental en cours de discussion au Parlement et au gouvernement. Le matin même, Bruno Retailleau et ses deux vice-présidents chez Les Républicains, l'eurodéputé François-Xavier Bellamy et l'ancien député Julien Aubert, avaient publié une tribune hallucinante demandant un moratoire sur les énergies renouvelables… Incompréhensible pour le milieu économique. Hors sol pour toute personne consciente de la crise climatique. Anachronique.

*

Vous l'avez compris, le concept d'« écologie punitive » est une affabulation qui permet d'escamoter ce qui nous punit vraiment : le modèle économique dominant.

« Écologie » et « économie » ont pourtant étymologiquement une même racine : *oikos*, c'est-à-dire « maison ». Alors, en premier lieu, il faut œuvrer à ce que notre maison commune reste habitable.

Non, l'écologie n'a jamais été une punition. Et méfiez-vous de ceux qui le prétendent !

L'écologie est une promesse réaliste et réjouissante. Celle d'un avenir vivable, et donc d'une économie au service de nos vies et du bien commun. D'un demain où tout aille bien.

5

C'est l'histoire d'une veste verte…

Au départ, ce n'était qu'une veste. Verte, oui. Un vert feuillage, un vert vivant, un vert qui croit encore au printemps. Nous étions le 14 juin 2024.

Les négociations du NFP, après quatre jours et quatre nuits, venaient de se terminer. Comme les chefs des autres partis politiques impliqués, je me prépare pour la conférence de presse, prévue en fin de matinée à la maison de la Chimie, qui lancera la campagne et annoncera notre projet.

Ces longues journées de discussions avaient tenu la France en haleine, et pris de court les éditorialistes qui n'y croyaient pas, mais aussi – et surtout – le président de la République, très fier jusqu'au lundi matin de son idée de dissolution – « Je leur ai balancé ma grenade dégoupillée dans les jambes », avait-il ironisé lors de la commémoration des quatre-vingts ans du massacre d'Oradour-sur-Glane. Un parallèle hasardeux et totalement indécent dans ce contexte de recueillement, qui aurait d'ailleurs valu à n'importe quel candidat aux législatives d'être démis de son investiture.

Je n'oublierai jamais ces quelques jours hors du temps, au cours desquels avec Cyrielle Chatelain, David Cormand, Bruno Bernard, Léa Balage El Mariky, Aïssa Ghalmi, Yannick Jadot, Claire Desmares et Olivier Bertrand, nous avons défendu les couleurs écolos pendant des heures, le jour, la nuit, dans des négociations dont on se souviendra sans doute toute notre vie.

Récemment, lorsque nous avons dû quitter ce siège dont nous étions locataires, j'ai effectué un dernier tour des lieux. À chaque endroit, un souvenir. Un rire, une engueulade, une solution trouvée, un compromis arraché, une circonscription échangée, un tract pensé. Jusqu'au grenier où j'ai installé un lit depuis le début de mon mandat et qui a servi de salle de repli aux communistes (les socialistes avaient mon bureau, les insoumis celui de mon cabinet... et nous, écologistes, on se débrouillait !). Même la moquette de l'open space a été mise à contribution : une nuit, je suis tombée dans l'obscurité sur une silhouette inerte, allongée en travers. La peur de ma vie. J'ai cru que quelqu'un avait fait un malaise. Avant de comprendre que c'était l'un des négociateurs qui avait profité d'une trêve pour dormir, en costume, à même le sol. Pour celles et ceux qui veulent en savoir plus, vous trouverez sur Internet une visite guidée des « coulisses du NFP » sur le compte YouTube des Écologistes. Pour la postérité !

Je n'oublierai jamais non plus ce vendredi 14 juin, jour de l'annonce officielle de notre projet.

La veille, lorsque nous nous étions quittés, épuisés mais fiers du succès de la négociation, j'ironisais sur ce qui, chez les uns et les autres, pourrait montrer que nous étions en train de monter d'un niveau, donner à voir que nous étions à l'aube d'un moment inédit.

« Toi, si tu souris, les gens vont savoir qu'il se passe un truc », « Toi, sois hyper sérieux, pas de blague ». « Et moi, je m'engage à trouver d'ici à demain midi une nouvelle veste, non rapiécée ! » (j'ai toujours eu des vestes vertes, mais la dernière en date, achetée sur Vinted, était élimée à force d'être portée).

*

Évidemment, je n'en ai pas le temps. J'ai prévu quelque chose de très important le lendemain matin : dormir. Je ne l'ai pas fait plus de trois heures d'affilée depuis cinq jours et je n'ai pas l'entraînement des skippers du Vendée Globe.

Alors je demande à un copain de me rendre ce service. Challenge accepté ! J'ai rendez-vous chez lui le lendemain dans la matinée. Très fier de ses trouvailles, il agite devant moi les vestes qu'il a présélectionnées. Les deux premières ne correspondent pas à ma morphologie, elles ne me vont pas du tout. On passe à la troisième. Elle taille parfaitement. De toute manière, on n'avait pas le choix, il fallait que ce soit celle-là. Je me regarde dans la glace : « Elle est quand même très verte. – Certes. Mais là, il faut partir, tu es déjà en retard. »

Je la garde sur les épaules et je file.

*

À la maison de la Chimie, c'est l'ambiance des grands jours. Comme une rentrée des classes mais sans le repos des grandes vacances. Tout le monde est content de se retrouver. Des sourires sincères, des retrouvailles tendues parfois, des groupes encore un peu figés. L'événement est fort. On sent l'émotion, même chez celles et ceux qui ne la montrent jamais.

Quelque chose est en train de se passer. On le sait.

Et quelque chose est aussi en train de nous dépasser : partout dans le pays, nos sympathisants, rejoints par des milliers de nouvelles personnes qui souhaitent s'engager, s'organisent dans 577 circonscriptions pour partir en campagne et tenter d'empêcher que notre pays ne se retrouve, trois semaines plus tard, aux mains du Rassemblement national.

On sait que ces semaines vont faire partie des plus longues et des plus intensives de notre vie. Qu'on n'aura pas droit à l'erreur, pas droit au repos, pas le temps pour les embrouilles – même si certains essaieront quand même. Vous connaissez la fable du scorpion et de la grenouille ?

On est à l'aube de quelque chose de beau. Tout le monde a envie que ça marche.

Et on immortalise cela à la fin de la conférence de presse par une photo de famille, dans le jardin. Tout le monde s'installe en rangs. Puis je rejoins Olivier Faure, Fabien Roussel et Manuel Bompard et nous nous installons ensemble aux quatre places vides laissées au premier rang. Je suis la seule femme et me retrouve donc au milieu.

*

Il y a une forme de solennité dans ce moment, mais je n'ai pas le temps de m'appesantir : une moto-taxi m'attend pour m'emmener à BFMTV assurer le service après-vente de l'événement.

J'ai toujours eu peur à moto. Je n'en prends que très exceptionnellement, quand une chaîne la met à disposition pour rendre possible un timing intenable sur le papier. Je mets dans ces cas-là la musique à fond pour me concentrer sur autre chose que sur la vitesse, les virages serrés, la densité et la nervosité de la circulation parisienne à laquelle je ne me ferai jamais.

La musique a toujours joué un rôle important pour moi. Chaque moment de ma journée a sa bande originale. Lorsqu'un événement me marque, même des mois après, je sais exactement ce que j'écoutais et ce que je ressentais alors.

Ce jour-là, c'était le collectif de musiciens Vitamin String Quartet (VSQ), dont j'écoute souvent les reprises sous forme de quatuor à cordes classique de monuments du rock et de la pop. Ils en ont plus de mille à leur actif !

J'ai une passion secrète (enfin, plus maintenant) pour les reprises musicales. Les chansons qu'on croyait connaître par cœur, mais qu'une autre voix, une autre instrumentation, une autre intention vient soudain réinventer. Je peux passer des heures à écouter une version acoustique d'un tube électro, ou une ballade reprise au violoncelle. Ce n'est pas juste une manie musicale, c'est une manière de penser le monde.

Ce qui me touche, c'est ce moment où l'on redécouvre ce que l'on croyait acquis. Il y a là une forme de tendresse et d'audace à la fois. On rend hommage, mais on ose modifier. On garde la structure, mais on y glisse un nouveau souffle. C'est exactement ce que j'essaie de faire, à ma façon, en politique. Je crois qu'on peut aimer profondément une œuvre – un pays, un modèle démocratique, une culture – et vouloir la transformer. Ce n'est pas une trahison, c'est un geste de fidélité active.

Après cette parenthèse musicale, je fais donc mon entrée dans les studios de BFM qui est en boucle sur notre conférence de presse depuis qu'elle a commencé.

Je hâte le pas, vérifie mes cheveux dans le miroir (merci au casque de moto) et prends une grande inspiration. J'ai eu le trajet pour réfléchir, je sais exactement ce que j'ai envie de dire. Mais quand la porte du studio s'ouvre, j'ai un choc.

Derrière la présentatrice, l'écran géant diffuse sur toute la largeur du plateau la photo de groupe prise quelques minutes plus tôt. L'espace de quelques secondes, je suis sans voix (ce qui, vous le savez, m'arrive rarement !). L'ensemble a une sacrée allure. Je suis émue.

Et ce que je remarque tout de suite, comme apparemment l'ensemble des téléspectateurs vu les messages que je reçois, c'est le vert de cette veste qui détonne au milieu des costumes gris et bleu marine : on ne voit qu'elle.

La suite, vous la connaissez.

*

Une veste, c'est juste une veste.

Jusqu'au jour où ça devient plus que ça.

J'ai compris, progressivement, que ce morceau de tissu coloré était en train de se transformer en autre chose. Et que c'est le moment qui le voulait.

La veste devenait un repère, un signal. Une façon pour beaucoup de s'accrocher à un fragment d'espoir dans un paysage politique menaçant, instable, agressif. Des gens m'ont dit que la veste les rassurait. Qu'elle incarnait une écologie posée, ferme, non violente, qui montre qu'on peut dire les choses sans hurler, affirmer sans diviser, résister sans se raidir.

En fait, ma tenue était devenue un objet transitionnel, comme disent les psychanalystes. L'équivalent d'un doudou pour adulte de gauche angoissé par les législatives en cours et leur terrible résultat possible. En chromothérapie, on dit d'ailleurs que le vert est la couleur de l'équilibre. Qu'il calme le système nerveux, réduit le stress, l'anxiété et la nervosité.

Il y a quelque chose de touchant, et en même temps d'inquiétant, dans ce besoin qu'on a de se raccrocher à un détail, à une couleur, à une silhouette familière. Ça dit beaucoup de l'époque : de la fatigue démocratique, de l'érosion des certitudes, de notre besoin collectif de figures apaisantes mais crédibles.

Dans un monde où tout tremble, une simple veste devient une valeur refuge.

*

Je ne l'avais pas vu venir. Mais les emballements se prévoient rarement…

La veste est devenue un symbole. Elle est apparue sur des pancartes, dans des dessins d'enfants, sur des GIF moqueurs ou admiratifs. D'ailleurs, les candidats qui souhaitaient que je vienne les soutenir sur le terrain nous invitaient, « la veste et moi ». « Tu la mets bien, hein, les gens la réclament, je leur ai promis que tu viendrais avec. »

Très rapidement, il n'a plus été question de ne plus la mettre. Sous la pression collective, j'en ai acheté une deuxième pour la porter à plein temps, même pendant les jours de pressing.

Et puis un jour on m'a dit : « Je vous aime beaucoup, je suis le compte de votre veste sur Twitter. » J'ai trouvé ça cocasse. Un anonyme avait en effet créé un compte dédié hilarant, une bouffée d'oxygène dans cette période si préoccupante. Moi aussi, ça me faisait rire et ça m'aidait à tenir – même si j'angoissais de n'avoir aucune idée de qui tenait ce compte ni de ce qu'il ou elle en ferait. Mais la période voulait ça, un foisonnement d'initiatives autogérées et convergeant vers un seul et unique objectif : gagner. Et toute contribution était la bienvenue !

La presse généraliste a commencé à s'intéresser au phénomène. Les journalistes voulaient tout savoir, la marque, le prix, la composition, combien j'en avais, quelle était l'histoire de mes autres vestes, si je la mettais aussi lorsque j'étais seule chez moi (la réponse est non).

Et quand quelques mois plus tard le prestigieux *Time Magazine* me nomme dans le classement des « 100 leaders de demain », la presse précise bien que c'est « Marine Tondelier et sa veste » qui sont mises à l'honneur. *Le Point*, de son côté, n'avait d'ailleurs pas pu s'empêcher de grincer : « Législatives : quand la veste verte de Marine Tondelier lui pique la vedette ».

*

Je me suis moi-même posé la question : « Est-ce que je suis écoutée à cause de ce que je dis, ou à cause de ce que je porte ? »

J'ai rapidement compris que la réponse était : les deux.

Était-ce grave ? Absolument pas ! Si la veste plaisait, autant que cela serve à la cause… On parlait si peu d'écologie dans cette campagne que même quand les journalistes ne m'interrogeaient que sur telle ou telle déclaration fracassante d'un leader du NFP, la veste faisait passer un message « vert » dans l'interview. Avec ou sans le son !

Alors je l'ai portée, encore et encore. En conscience, cette fois.

Consciente aussi que ce qu'il se passait était intéressant : cette veste faisait parler politique en dehors des cercles traditionnels. Et j'ai toujours considéré que c'est dans ces moments-là que l'on commence vraiment à faire de la politique. Quand on touche large. Quand on sort du « petit milieu » de ceux qui suivent de près.

*

Un jour, j'ai retrouvé mon petit garçon dans la cuisine, hilare, avec la veste qui lui arrive aux mollets et les manches deux fois trop grandes pour lui : « Devine qui je suis ? Marine Tondelier ! »

Même les médias mode s'en sont mêlés : *Relooking Thérapie* a produit une analyse de coaching d'image, suggérant qu'un vert plus profond pourrait mieux valoriser mon teint. Ainsi que… *Chasse Passion*, qui s'est émue du fait que l'association PETA m'ait envoyé une autre veste verte végane « qui ne provoque pas la souffrance des moutons ».

Pendant ce temps-là, des femmes, et parfois quelques hommes, m'écrivaient pour me raconter leurs « histoires » de veste verte. Je salue d'ailleurs toutes celles et ceux qui en avaient une et n'ont plus jamais pu la porter sans recevoir de commentaires !

*

Le pouvoir de la veste ne s'est pas démenti depuis. La laisser au bureau, c'est s'exposer toute la journée à des remarques du genre « Eh ben, vous avez pas mis votre veste ? », y compris quand il fait 40 °C… La porter dans la rue, c'est être arrêtée, remerciée, sollicitée, klaxonnée. Même en Belgique !

Avec des moments et des phrases cultes : « Je peux la toucher ? », « C'est la vraie ? ». Une scène se répète en boucle aussi, comme un running gag : des mecs, entre vingt-cinq et quarante ans, qui me demandent un selfie en terminant systématiquement, une fois la photo prise, par « C'est pour ma mère, elle vous adore ». Un jour, nouvelle demande de selfie dans le métro. J'anticipe : « C'est pour ta mère, j'imagine ? » Le gars se vexe : « Non, pas du tout, pourquoi vous me parlez de ma mère ? C'est pour moi, j'ai pas le droit ? » Au temps pour moi…

La veste, c'est un accélérateur de rencontres et de conversations. À la fin d'une réunion publique à l'Académie du Climat, une illustratrice, Bertille Verlaine, m'a même offert un dessin représentant ma veste parsemée de jolies fleurs. Elle voulait me remercier par cette attention qui m'a beaucoup touchée.

C'est cette illustration que j'ai choisie, plusieurs mois plus tard, pour illustrer la couverture de ce livre.

*

La veste est aussi un catalyseur de petites phrases mesquines pour certains mâles en manque d'inspiration… En octobre, dans *Libération*, on pouvait ainsi lire : « "Elle a une veste verte mais ses sous-vêtements sont rouges", sourit un hollandais » (qui derrière le courage de l'anonymat est manifestement très fier de son petit effet).

Une remarque sexiste, déplacée, et inacceptable, qui en dit plus sur son auteur que sur moi. Olivier Faure s'excusera immédiatement au nom de son mouvement, suivi par beaucoup de cadres socialistes. François Hollande, lui, ne jugera jamais utile de le faire. Et pour cause, certains connaisseurs du personnage me confieront que cet « hollandais » pourrait bien être… l'ancien président de la République lui-même.

Je n'imaginais pas que les débats à gauche tourneraient un jour autour de la supposée couleur de mes sous-vêtements…

*

Quoi qu'il en soit, cette veste fait aujourd'hui partie de mon quotidien. Avec elle, j'ai trouvé mon uniforme. S'habiller pour une femme politique est beaucoup moins simple que pour les hommes. La jupe ou la robe sera trouvée trop courte ou trop longue, la profondeur du décolleté scrutée, la coupe de cheveux et le moindre kilo en trop remarqués, commentés, moqués. En résumé : ça ne va jamais.

Maintenant, plus la peine de réfléchir le matin à comment m'habiller. Et les jours de matinale, où il faut se lever très tôt, c'est un luxe à peu de frais. Ça allège la charge mentale, ça aide à se focaliser sur le fond de la préparation. Cette veste, c'est aussi devenu un costume qui marque les moments où je suis « en scène » ou pas. L'enlever m'aide à relâcher, à passer en mode « détente ». Le mettre, c'est reprendre du service.

Certains jours, quand je quitte mon domicile d'Hénin-Beaumont pour rejoindre un plateau télé ou un événement auquel je dois participer à Paris, je gagne quelques heures sur la tension en restant habillée « décontracté » et en l'emportant sur un cintre. Je travaille ainsi sereinement mes notes. Et quand il faut vraiment y aller, au dernier moment, en arrivant sur place, je l'enfile, et avec elle sur les épaules je passe en mode « conditionnement » juste avant l'émission.

Peut-être qu'un jour j'en changerai.

Mais je ne retournerai pas ma veste, jamais : je resterai fidèle à la promesse faite cet été-là.

Ma veste et moi, tout ce qu'on peut faire pour la victoire du camp progressiste aux prochaines élections, on le fera !

6

D'où je viens

Quand j'étais petite, on pouvait deviner la direction du vent à l'odeur.

Une odeur âcre, chimique, écœurante, rappelant tour à tour la peinture fraîche, le vernis, le caoutchouc chaud ou même le plastique fondu : ça voulait dire un vent d'ouest, qui ramenait vers nous les effluves de l'usine de Cray Valley, située dans la ville voisine de Drocourt.

L'odeur différait selon la production du jour : ça pouvait être des résines alkydes, utilisées dans les peintures et les vernis, des additifs chimiques pour carburants et plastiques, ou d'autres produits à base de solvants pétrochimiques. Elle variait même en fonction de l'heure : elle était manifestement plus forte au moment des chargements ou des purges.

J'ai grandi en plein cœur d'une des plus fortes densités de sites classés « Seveso » – c'est-à-dire de sites industriels dangereux – de France.

De l'autre côté de la ville, c'est Metaleurop, dont vous avez sûrement déjà entendu parler. Installée depuis 1894 à Noyelles-Godault, à proximité des mines et du canal de la Deûle, l'usine est l'un des plus grands complexes métallurgiques français, spécialisé dans la fonderie de plomb et de zinc.

Depuis plus d'un siècle, l'usine rejette des métaux lourds toxiques (plomb, cadmium, arsenic...) dans l'air, les sols et l'eau. Des « anciens » écolos du coin m'ont raconté qu'ils faisaient des prélèvements de terre la nuit en cachette pour les analyser et alerter, mais que, pour ça, ils subissaient des menaces de mort. À l'époque, la priorité, c'était l'emploi. Peu importaient les dégâts sur la santé et l'environnement. Même après 1993, quand dix salariés sont morts à la suite d'une fuite massive de métal en fusion dans l'atelier de raffinage. Cet accident est la catastrophe industrielle la plus meurtrière dans le Pas-de-Calais depuis les mines.

Un matin de janvier 2003, la nouvelle tombe comme un couperet par un simple communiqué de presse : l'usine Metaleurop Nord ferme, du jour au lendemain. Sans préavis. Sans plan social. Sans un mot pour les 830 salariés laissés sur le carreau. L'actionnaire, le groupe suisse Glencore, a orchestré l'arrêt de la production en douce, en toute légalité comptable mais avec un cynisme glacial. Metaleurop, c'est le premier licenciement boursier en France. C'est à cette occasion que Jacques Chirac étrennera l'expression de « patron voyou ».

Suivront trois mois de manifestations et d'occupation de l'usine qui embraseront le territoire. La lutte des syndicalistes de Metaleurop en 2003 est l'un des épisodes les plus marquants du combat ouvrier des dernières décennies dans le nord de la France. L'État doit prendre en charge lui-même le plan social. François Fillon, ministre de l'Action sociale, lâche 15 millions d'euros. Une « somme exceptionnelle » selon lui ; 18 000 euros par salarié en réalité. Je vous laisse juger...

L'emploi est parti, mais les atteintes à l'environnement ont perduré. Une zone de pollution de 45 kilomètres carrés est aujourd'hui reconnue autour du site. Or, en 2008, de nouveaux logements, riverains, y ont été construits. On a dit aux habitants qu'il leur suffirait de décaisser la terre sur 50 centimètres et de la faire évacuer, en grande partie à leurs frais, et qu'ils pourraient alors même jardiner, que tout irait bien. Sauf que le cadmium migre dans le sol, le zonage est donc rapidement obsolète. Et durant tout le temps qu'a pris sa révision, ces habitants ont été exposés aux toxiques...

Plus de vingt ans après la fermeture du site, de nouveaux cas de saturnisme infantile sont encore régulièrement recensés dans toute la zone. Et je ne vous raconte même pas comment il a fallu faire des pieds et des mains pour que les campagnes de dépistage soient enfin réalisées !

*

Quand tu viens au monde à Hénin-Beaumont, les statistiques sont implacables : tu as, le jour de ta naissance, cinq ans d'espérance de vie de moins que si tu es né à Paris.

Mais qui s'en préoccupe ?

Les élus du coin ? Très peu. J'ai été quelques années la seule élue écologiste de l'agglomération d'Hénin-Carvin. Et quand j'essayais d'évoquer le sujet en séance à l'époque, on me rabrouait : « C'est anxiogène », « Ça va faire baisser l'immobilier ».

Ne disons rien alors, continuons à nous empoisonner et crevons en silence… Si même les élus locaux, toutes étiquettes confondues, ne veulent pas voir, ne pas savoir… que voulez-vous que je vous dise ! Ça me donnait envie de hurler à l'intérieur.

Ce sont pourtant ces réalités palpables au quotidien qui font qu'il n'y a pas besoin d'être épidémiologiste pour comprendre que dès l'école primaire l'environnement tue, et la précarité aussi. Que les injustices sociales et environnementales sont indissociablement liées. Et que ce n'est pas un hasard si les industries dont personne ne veut ailleurs s'installent ici, accueillies à bras ouvert au nom de l'emploi.

*

Les inégalités territoriales, je ne fais pas qu'en parler, je les vis.

Je ne suis pas devenue écologiste en lisant un rapport du GIEC. Je suis devenue écologiste par évidence. Par instinct. Et ce dès l'enfance.

7

Pour une sécurité à 360 degrés

Vous l'aurez compris, la sécurité sanitaire m'importe. Ce n'est pas un hasard si j'y ai consacré une partie de mes études, notamment en Master au Val-de-Grâce puis en stage au service Écologie hospitalière à l'Assistance Publique – Hôpitaux de Paris, et la plupart de ma vie professionnelle, notamment comme déléguée générale d'Atmo France, la fédération des associations de surveillance de la qualité de l'air, de 2017 à 2022.

Le mot « sécurité », pourtant, est rarement accolé dans le débat public à des préoccupations sanitaires ou sociales. Et pour cause, cette notion a été confisquée par la droite et l'extrême droite. Quitte à la vider d'une grande partie de son sens au passage…

Oui, l'insécurité est une réalité en France, et le sentiment qu'elle suscite chez beaucoup ne vient pas de nulle part. Quand une femme change de trottoir parce qu'un homme la suit, quand des parents hésitent à laisser leurs enfants se rendre seuls à l'école, qu'un retraité redoute de sortir après 20 heures, qu'une famille de confession juive a peur en se rendant à la synagogue ou qu'un jeune craint de se prendre une balle parce que cela est arrivé à quelqu'un de son quartier, ce n'est ni feint ni illégitime. C'est un fait.

Et tous ces faits, il faut les analyser avec gravité, précision et responsabilité, pas avec des slogans anxiogènes ou des réponses toutes faites.

*

Pour cela, impossible de ne pas évoquer ce qui façonne notre quotidien : la dégradation continue des services publics, l'aggravation des inégalités, l'isolement croissant, et l'abandon par l'État de certains territoires – quartiers populaires, zones rurales, périphéries urbaines. L'insécurité ne s'est pas imposée comme un orage. Elle est le symptôme de failles profondes.

Quand il faut six mois pour obtenir un rendez-vous chez un psychiatre pour un adolescent montrant des signaux de grande détresse, quand les commissariats ferment à 18 heures, quand on affaiblit la confiance entre les citoyens et les institutions publiques, on crée un terrain fertile à l'installation de la violence, et donc de la peur.

*

Le ministre de l'Intérieur Bruno Retailleau, comme bien d'autres avant lui, a fait de l'emploi permanent du mot « sécurité » une obsession personnelle et une stratégie politique. En multipliant les déclarations martiales, les discours alarmistes, il tente de se construire une image d'homme fort, d'autorité et de rigueur.

C'est une stratégie vieille comme le monde et l'une des armes les plus redoutables pour légitimer des politiques de repli, qui jusque-là ont surtout démontré qu'elles étaient inefficaces, voire contre-productives. Ce discours, martelé par l'extrême droite depuis des décennies, est désormais repris, intégré et banalisé... jusqu'au plus haut niveau de l'État. La peur est un mauvais carburant pour faire société. Ceux qui l'instrumentalisent portent une lourde responsabilité.

Rappelons que Nicolas Sarkozy a supprimé 12 469 postes de gendarmes et policiers entre 2007 et 2012, sous prétexte « qu'il fallait faire des économies ». Que la droite ferme les yeux sur le fait que la France a 11 magistrats pour 100 000 habitants, quand la moyenne européenne est à 22 et l'Allemagne à 24. Que fin 2024, près de 4 200 mesures éducatives étaient en attente, c'est-à-dire prononcées par le juge mais non exécutées faute d'éducateurs pour les mettre en place. Que les violences (hors cadre familial) ont augmenté de 14,8 % à Béziers, de 15,2 % au Havre et de 24,8 % à Limoges, entre 2019 et 2024 (source : Service statistique ministériel de la sécurité intérieure).

Alors, non, je ne prends pas de leçon de « sécurité » de ces gens-là...

La droite et l'extrême droite aimeraient faire croire que les Écologistes sont naïfs ou angéliques. Mais où est le laxisme ? Chez les écolos qui réclament l'embauche de juges, de procureurs, d'éducateurs, de policiers de proximité ? Qui se sont battus depuis des années contre les violences sexistes et sexuelles alors que les femmes sont trop souvent niées dans les insécurités qu'elles subissent ?

Nos maires dans les grandes villes comme dans les communes rurales doivent faire face aux violences, aux points de deal ou aux nuisances qui affectent la vie quotidienne, et dont l'État régalien est censé s'occuper. Elles et ils ne restent pas les bras croisés. Les effectifs des polices de proximité ont été augmentés, notamment à Lyon, et des médiateurs supplémentaires ont été embauchés, comme à Bordeaux. Des actions sanitaires sont mises en place pour prévenir les usages de drogues et soigner les usagers. Car ce n'est pas avec des amendes qu'on guérit des addictions.

Nous, nous regardons la réalité en face et, contrairement à la droite, nous sommes pragmatiques. Quand une politique ne marche pas, nous savons nous remettre en cause. Sur le narcotrafic, justement : est-ce que la politique ultra-répressive a produit des effets ? En France, l'usage du cannabis a doublé de 1992 à 2023. La consommation de cocaïne a été multipliée par deux en six ans alors que le budget annuel consacré à la répression des usagers et trafiquants de drogue a été multiplié par quatre.

*

Et puis, il faut le dire et le répéter, leur obsession sécuritaire est à géométrie variable.

La menace croissante du terrorisme d'extrême droite et les crimes racistes ? Silence.

Les jeunes contrôlés au faciès dix fois par jour ? Silence.

Les attaques contre les personnes LGBTQIA+ ? Silence.

Les violences policières ? Silence.

Les agressions sexistes et sexuelles ? Silence.

L'explosion des violences intrafamiliales ? Silence.

L'augmentation des maladies professionnelles – à la fois en nombre, en diversité, et en reconnaissance officielle ? Silence.

Je continue ?

Ils ne parlent des violences que quand elles permettent de désigner un bouc émissaire.

*

Un jour, j'ai eu l'occasion de débattre avec Bruno Retailleau sur France 2. Quel que soit le sujet dont j'essayais de lui parler, et même si ça n'avait rien à voir, il me répondait « islamisme » ou « extrême gauche ». C'est bien connu, « pour qui n'a qu'un marteau, tous les problèmes sont des clous ». Autrement dit, lorsqu'on ne dispose que d'un seul prisme de lecture, on a tendance à tout interpréter à travers celui-ci, même si ce n'est pas pertinent. On force la réalité à rentrer dans la forme que l'on croit maîtriser…

Est-ce dans la caricature que nous voulons être gouvernés ? Non. Et encore moins sur des sujets aussi sérieux.

En regardant CNews ne serait-ce que quelques minutes par jour, on a l'impression qu'on peut se faire assassiner par une personne sous OQTF au coin de sa rue. Oui, les homicides existent. Il y en a eu 980 comptabilisés en 2024. C'est 980 de trop. Un drame humain, familial, chaque fois. Et il faut continuer à mettre en place des politiques publiques pour faire en sorte que chaque vie soit protégée comme il se doit.

Mais pour les plus de 40 000 décès par an liés à la pollution de l'air, on fait quoi ? Ce que CNews ne vous dit pas, c'est le risque que vous courez du fait de l'air que vous respirez, de l'eau que vous buvez, ou de ce que vous mangez. Pourtant, il est statistiquement plus important. Ces trente dernières années, le nombre de cancers a augmenté de 80 % chez les moins de cinquante ans. Je le répète, parce que c'est énorme : *ces trente dernières années, le nombre de cancers a augmenté de 80 % chez les moins de cinquante ans.* Cette statistique n'est pas liée à la consommation d'alcool et de tabac qui a baissé sur la même période. Quant au cancer du pancréas, dont le pronostic est toujours très pessimiste, le nombre de cas progresse fortement, en lien direct avec l'alimentation ultratransformée et l'exposition aux polluants. Et ça, ça ne fait que très peu la une des médias.

Cachez ces chimios que nous ne saurions voir. Surtout, ne pas gêner le commerce de pesticides, qu'il faudrait d'ailleurs maintenant appeler « produits de soins des plantes » parce que le suffixe « -cide » (tuer) fait peur. Fascinante, cette novlangue.

Que vaut un discours sécuritaire si on laisse les violences sociales, économiques et environnementales prospérer ? Que valent ces obsessions si dans le même temps on tente de réintroduire des pesticides pourtant interdits il y a des années pour raisons sanitaires, alors même que 83 % des Français sont contre et que l'Ordre des médecins s'y oppose ? Que vaut le mot sécurité si on ne l'applique pas à l'ensemble des menaces qui pèsent sur nos vies ?

Un enfant qui a faim à l'école n'est pas en sécurité.

Une femme battue qu'on renvoie chez elle sans solution d'hébergement n'est pas en sécurité.

Une jeune harcelée dans son lycée, abandonnée face à la haine sur les réseaux sociaux, n'est pas en sécurité.

Une future maman qui habite à plus de trente minutes d'une maternité parce qu'une autre a fermé n'est pas en sécurité.

Un vieil homme qui n'a plus les moyens de chauffer son logement l'hiver n'est pas en sécurité.

Un ouvrier du bâtiment que l'on fait travailler en extérieur sous des températures caniculaires n'est pas en sécurité.

Une famille qui habite en zone inondable n'est pas en sécurité.

Alors oui, il faut parler sécurité. Mais de toute la sécurité. Je refuse de réduire la sécurité à l'autorité et à la répression, qui a par ailleurs largement démontré son inefficacité si elle n'est pas associée à une logique préventive.

*

2025 est une année spéciale puisque l'on fêtera les quatre-vingts ans de la Sécurité sociale en France ! Un héritage précieux du Conseil national de la Résistance et de son programme « Les jours heureux ». Grâce à la Sécu, les travailleurs et leurs familles sont protégés contre les risques et les événements de la vie : maladie, maternité, accidents du travail...

La Sécurité sociale a été créée pour protéger les travailleurs de lendemains incertains. Aujourd'hui, je suis convaincue que nous devons créer un équivalent pour protéger les Français des conséquences du dérèglement climatique, qui affectent déjà leur quotidien, et du choc de la transition écologique, qu'il faut considérablement accélérer tout en s'assurant qu'elle soit juste, notamment pour les plus modestes.

L'idée est simple : imaginez une carte vitale « verte », qui vous permettrait de bénéficier d'aides concrètes pour faire des choix écologiques. Une carte que vous auriez dans votre portefeuille, et qui vous donnerait accès à des avantages immédiats.

Rénover sa maison, acheter un véhicule électrique, réparer un appareil électroménager... En plus de permettre à chacun de récupérer des bonus écologiques facilement auprès des artisans et commerçants agréés, elle pourrait aussi devenir une véritable cagnotte écologique, vous faisant bénéficier d'aides directes de l'État, comme le chèque énergie, ou de collectivités territoriales, comme les aides à la mobilité douce.

Elle serait une sorte de guichet unique pour regrouper tous les dispositifs d'accompagnement de la transition écologique, ceux qui existent déjà mais qui sont éparpillés et donc peu lisibles, et d'autres qu'il faudra inventer en anticipant les futurs chocs écologiques. (Si vous vous dites « Ah, ben voilà, encore de l'argent à aller chercher ! », sachez que 1/ le coût de l'inaction climatique sera au moins cinq fois plus élevé que celui d'agir maintenant – et c'est une estimation basse ; 2/ il n'y aura pas de transition écologique réussie si elle n'est pas juste, c'est-à-dire si on n'accompagne pas les Français les plus vulnérables ; 3/ les marges de manœuvre budgétaires existent, mais il faut pour cela engager une autre politique économique et fiscale que celle menée par les gouvernements successifs d'Emmanuel Macron !)

Cette idée d'une sécurité sociale écologique ne sort pas de nulle part. Elle a fait l'objet d'une mission d'information au Sénat en 2022 à l'initiative de la sénatrice écologiste Mélanie Vogel et elle est aujourd'hui portée par des experts des enjeux environnementaux comme Marine Braud.

Elle reste néanmoins assez neuve dans le débat public et il existe différentes approches et propositions pour la mettre en œuvre. Alors, tout ce que j'espère, c'est que ce sujet sorte des cercles « experts » pour arriver au cœur du débat public !

Car j'en suis persuadée : nous avons besoin d'une transition écologique juste et solidaire et d'un État providence adapté aux réalités du XXIe siècle. La sécurité sociale écologique est l'une des clés pour y parvenir.

*

La sécurité que je défends est ancrée dans la justice sociale, dans la dignité, dans le soin qu'on apporte à chacune et chacun.

Elle protège sans discriminer, anticipe et se construit dans l'égalité.

C'est une sécurité à 360 degrés.

8

« L'autre Marine »

Je m'appelle Marine.

Pourquoi ? Parce que ma mère avait lu dans *Paris Match* pendant sa grossesse que c'était le nom de la fille de Michel Platini. Elle a trouvé ça joli. Il se trouve que Platini fut un joueur emblématique des Verts de Saint-Étienne. Hasard ? Je ne pense pas !

Pendant toutes mes années de scolarité jusqu'au lycée, je n'en ai jamais croisé une seule autre, de « Marine ». Je me considérais donc comme ayant un prénom plutôt rare. Enfin ça, c'était avant !

Avant Marine Le Pen et son arrivée politique dans ma ville d'Hénin-Beaumont en 2007.

Avant que mon prénom ne commence à me valoir tout un tas de blagues et de situations cocasses.

Marine Le Pen est en effet devenue il y a quinze ans « la Marine d'Hénin-Beaumont ».

*

Quand je me lance en politique, à la fin de mes études en 2009, on commence à m'appeler en interne chez les Verts pour blaguer, puis dans la presse, plus sérieusement, « l'autre Marine d'Hénin-Beaumont ». Situation un peu baroque pour moi. J'étais née là et y avais toujours vécu. Marine Le Pen venait de débarquer, parachutée depuis Saint-Cloud où elle habite toujours, deux mandats de députée plus tard.

À l'époque, certains opposants au FN me disaient : « C'est pas sa ville et en plus elle ne s'appelle pas vraiment Marine. » Ah bon ? Effectivement, sur la liste électorale, elle est enregistrée sous le nom de « Marion Anne Perrine Le Pen ». Trois prénoms. Mais pas de Marine à l'horizon. L'info se partageait sous le manteau, en ville, sur le ton de la suspicion. « C'est quoi cette histoire sur son faux prénom ? » Quant à elle, alors conseillère municipale d'opposition, elle enrageait quand le maire de l'époque utilisait son prénom d'état civil en faisant l'appel en début de conseil municipal.

J'ai appris plus tard, dans *La Politique malgré elle*, des journalistes David Doucet et Mathieu Dejean, le pourquoi du comment : sa mère aurait changé d'avis après la naissance, « en raison de ses yeux bleus ». OK...

Il n'empêche, le prénom « Marine » est devenu une marque. Une marque d'extrême droite. Pour la première fois, on appelait un personnage politique de premier rang par son prénom plutôt que par son nom de famille. Comme pour mieux faire oublier son patronyme et tout ce qu'il charrie. Pratique.

Diam's en a même fait une chanson en 2004 : « Marine ».

Demain, si tout va bien…

Marine,
t'as un prénom si tendre.
Un vrai prénom d'ange
mais dis-moi c'qui te prend.

Petit moment de solitude quand le morceau passait en soirée et que, chaque fois que mon prénom était répété (19 fois en tout, oui j'ai compté !), il était chanté à tue-tête par toute la salle qui se retournait vers moi avec des clins d'œil appuyés. Oui, en 2004, j'ai dix-huit ans. Et je vais dans des soirées où on passe les CD de Diam's. Coup de vieux.

Un jour, j'ai été interviewée par une autre Marine, pour un podcast. Elle n'en pouvait plus de partager son prénom avec la patronne du RN, alors elle réalisait une série d'interviews avec d'autres « Marine », pour la plupart anonymes, qui partageaient leur expérience et leurs ressentis liés au fait de porter ce prénom sur lequel Le Pen a quasiment fait une OPA.

Oui, c'est difficile de vivre avec un prénom devenu un symbole d'héritage et de mensonge. D'une prétention à défendre « le peuple » depuis les salons feutrés d'un château de Saint-Cloud. D'une France où on se dévisage plutôt qu'on ne s'envisage. De l'assignation identitaire, du rejet systématique de l'autre, de la peur érigée en projet. D'une idéologie teintée de racisme, d'antisémitisme, d'islamophobie, de LGBTphobie. D'une flopée de candidats et candidates à chaque élection, plus affligeants les uns que les autres – des brebis galeuses, nous disent-ils.

Mais elles sont si nombreuses qu'elles forment bien tout un troupeau.

*

J'ai toujours été fascinée par les prénoms. Ils racontent des histoires, des intentions, ils relient l'intime au collectif.

Quand je me suis apprêtée à mon tour à devenir maman, avec mon compagnon nous avons – comme tous les futurs parents – réfléchi au prénom que nous donnerions à ce petit garçon. Il était important pour moi que ce prénom ait une histoire… Et l'une des histoires qui m'a le plus marquée dans mon enfance, sûrement parce qu'elle s'est passée sous la fenêtre de ma chambre, c'est celle de la chapelle en face de laquelle j'ai grandi.

*

Mes parents habitent l'ancienne maison de mes arrière-grands-parents paternels, Jules et Marie – décédés juste avant ma naissance. Ils tenaient un débit de tabac-épicerie à l'ancienne (où l'on vendait donc aussi des vins et spiritueux, des graines à planter, des pommes de terre à repiquer, de la moutarde au détail, des timbres et des tickets de tombola). Le tout à un minuscule carrefour du centre-ville, uniquement matérialisé par une petite chapelle honorant saint Joseph.

Au moment de la débâcle, en 1940, alors que les troupes françaises se replient vers la fameuse poche de Dunkerque, Jules et Marie, comme quasiment tous les habitants, évacuent avec leur fils unique Jean. Ils n'ont pas de voiture, mais le monsieur qui faisait le tour des fermes et leur livrait le beurre qu'ils vendaient à l'épicerie propose de leur prêter une Peugeot 302. Lui envisage aussi de partir mais avec son fourgon de travail.

Il se trouve que mon arrière-grand-mère savait conduire. C'était même la première femme de la ville à avoir eu le permis. Son père tenait un magasin de vélos et faisait aussi office de chauffeur de taxi mais, cardiaque, il sollicitait souvent sa fille pour le remplacer quand elle était plus jeune. Alors ils prennent la route, comme beaucoup de Français à cette époque, un matelas attaché sur le toit. Première étape : Bernay, dans l'Eure. Deuxième étape, Nantes. Pour finalement passer quelques semaines à Saint-Savinien en Charente. Mon grand-père raconte souvent que, lorsque les stukas allemands ont bombardé les civils sur les routes, son père a eu le réflexe de le sortir de la voiture et de le jeter dans la première maison venue. Il a atterri dans la paille, dans le noir, entouré de bruits bizarres : c'était l'étable d'un cochon, aussi surpris que lui de cette incursion…

À Hénin-Liétard (la fusion avec le village voisin de Beaumont n'avait pas encore eu lieu), les convois alliés se repliant vers la côte passent au même moment devant chez Jules et Marie, qui ont regagné leur maison. Un *motorcyclist* anglais est posté devant la chapelle pour indiquer la direction à prendre, la route principale se divisant en deux à cet endroit précis. D'un côté, Harnes, de l'autre, Courrières, puis Lille et Dunkerque tout au bout de la route.

Mais les avions allemands arrivent et bombardent lourdement le carrefour. Tout est détruit, sauf la petite chapelle. La moto du soldat anglais ne sera jamais retrouvée, totalement soufflée par l'explosion. Mais le *motorcyclist*, lui, s'en sort indemne. De voisin en voisin, on se raconte l'événement de retour de l'évacuation : la chapelle a été miraculeusement épargnée, et lui avec.

Cette histoire, mon grand-père, Jean, âgé de dix ans à l'époque, me l'a souvent contée, et nous en parlons encore aujourd'hui qu'il a quatre-vingt-quinze ans et vit toujours à quelques centaines de mètres de la maison de ses parents et de la mienne. Quand j'étais enfant, il me disait : « Tu sais, le soir avant de te coucher, regarde par la fenêtre la chapelle, et souviens-toi que saint Joseph te protège. »

C'est ce que sa maman lui avait appris à faire, tous les jours. Au moment de monter, elle entrouvrait le vitrage de la porte d'entrée en défaisant le petit verrou, et ils remerciaient leur protecteur en regardant la chapelle. Un soir, en 1943, un Allemand les a surpris en train de le faire en plein couvre-feu et leur a hurlé après. Il s'en rappelle encore. Ils ont eu la peur de leur vie. « On a cru qu'on allait être embarqués à Loos » (la prison voisine). C'était très impressionnant pour la petite fille que j'étais quand il me rejouait la scène en allemand.

*

Cette chapelle fait partie de mon histoire personnelle. Elle me relie aux générations qui m'ont précédée. « Le vrai tombeau des morts, c'est le cœur des vivants. »

Nous avons appelé notre fils Joseph. En hommage à cette chapelle.

Mais aussi parce que nous tenions à lui donner un prénom qui puisse se traduire dans toutes les langues. C'était un symbole fort de tolérance pour moi. Une invitation aux rencontres.

Joseph. Giuseppe. Youssouf. José. Josef. Yusuf. Joosef. Giuse. József. Iosif. Józef. Йосип (Yosyp). יוסף (Yosef). يسوف (Yūsuf). ヨセフ (Yosefu). 约瑟夫 (Yuēsèfū).

Un jour, quand il était tout petit et commençait à savoir faire la conversation, nous sommes partis tous les trois en vacances à Marseille (le RC Lens jouait au Vélodrome !). On passe devant une grande église que tout le monde semblait vouloir visiter. On entre, par curiosité, et on arrive devant une grande statue. Mon fils me demande qui c'est.

« Lui, c'est Joseph. »

Bug. Il réfléchit. Et tout à coup, ça s'allume dans ses yeux. « Ah oui, j'ai compris. En fait, il y a deux

Joseph. Y a le vrai Joseph. Ça, c'est moi. Et y a l'autre : c'est le papa de Jésus. »

Voilà. C'est simple la vie vue par les yeux d'un enfant de trois ans.

« L'autre Joseph. »

9

Se taire et écouter

En politique, on croit souvent qu'il faut parler fort, répondre vite, avoir une opinion sur tout, immédiatement. On apprend à débattre, à convaincre, à occuper l'espace.

Mais ce que l'on n'apprend presque jamais, c'est à se taire. À faire silence. Et pourtant, c'est souvent là que tout se joue. Dans ce moment suspendu où l'on cesse de parler pour commencer à écouter.

Se taire, c'est faire place à l'autre. Et parfois, c'est ce qui permet à l'essentiel d'émerger.

*

Depuis des mois, j'ai un rituel. À chaque déplacement, j'organise une « réunion publique inversée ».

Le principe ? J'explique d'abord à l'assistance que je ne suis pas venue délivrer la bonne parole, ni les inonder de vérités surplombantes du haut d'une estrade, mais les écouter. Que je préfère les laisser exprimer exactement ce qu'ils veulent : questions, réflexions, idées, déclarations. Et que je construirai ensuite mon intervention à partir des sujets qu'ils m'auront ainsi demandé d'aborder, en répondant dans un second temps seulement, après avoir noté les prénoms de chacun à côté de leur question, quand toutes celles et tous ceux qui le souhaitent auront pu s'exprimer.

Seule règle que je pose d'emblée : je demande aux militants politiques de ne pas se lancer en premier, consciente qu'ouvrir l'échange avec la salle par un tunnel d'interventions très construites, venant de personnes rompues à cet exercice, pourrait inhiber la parole des autres, alors que c'est tout l'inverse qui est recherché ! J'incite aussi les femmes à parler, en rappelant que la manière dont, très jeunes, on nous apprend que la socialisation induit qu'elles prennent en moyenne beaucoup moins la parole que les hommes, et que c'est l'occasion d'y remédier. Et cela marche !

La première question est souvent la plus difficile, c'est bien connu, et après un petit moment de flottement silencieux, dû à la surprise et au temps nécessaire à la préparation mentale de son intervention, une personne finit par lever le bras, suscitant la curiosité et l'attention : comment ça va se passer ? Puis chacun se rend compte que ce n'est pas si compliqué, que ce que leur voisin ou voisine de chaise vient de faire est loin d'être hors de portée. Et que même ça pourrait être l'occasion d'être acteur de la soirée, pas juste spectateur. Et c'est parti : les mains se lèvent, les prises de parole s'enchaînent. Certaines provoquent l'hilarité de la salle. Il y a les traditionnelles « Combien de vestes vertes avez-vous ? », « Vous n'avez pas une recette pour mettre les insoumis et les socialistes dans la même pièce, parce que dans notre ville on n'y arrive plus ? » (*Welcome to my life*) ou encore « Comment vous faites pour rester calme face aux questions de certains journalistes – moi, devant mon poste, déjà, je m'énerve ? »

Il y a des moments plus durs, plus émouvants. Comme ce jour à Brest où une assistante sociale qui travaille avec des bénéficiaires du RSA raconte qu'elle n'en peut plus d'avoir l'impression de contrôler plutôt que d'aider, qu'elle ne trouve plus de sens à son métier. Ou cette fois à Vaunaveys-la-Rochette, dans la Drôme, où le premier intervenant rend un vibrant hommage aux maquisards du Vercors qui ont marqué l'histoire de la Résistance française pendant la Seconde Guerre mondiale, à quelques kilomètres de là, en se demandant ce qu'ils penseraient s'ils voyaient les scores du Rassemblement national aujourd'hui. Ou encore cette soirée à Laval lors de laquelle un pilier du groupe local écolo, ancien élu, qui m'a accompagnée toute la journée dans des visites de terrain, fend l'armure à la fin de la séance de questions – il avait respecté la consigne de laisser parler les non-militants en premier – en évoquant sa fille adolescente, qu'il a adoptée, et qui souffre de la non-mixité et de la méfiance à laquelle elle fait si souvent face sur ce territoire, ne croisant quasiment jamais de personnes ayant la même couleur de peau qu'elle. Il finit son intervention au bord des larmes, sous un tonnerre d'applaudissements de soutien.

Et puis il y a ces moments de grâce où le débat s'installe dans la salle.

*

À Carignan-de-Bordeaux, village de 4 000 habitants dans le Créonnais, en Gironde, le premier adjoint entame la réunion par un mot d'accueil pour me remercier d'être venue dans la ruralité, là où peu de figures politiques nationales mettent les pieds, et me donne la parole. La salle bruisse d'étonnement lorsque je leur explique qu'ils vont dans un premier temps être mis à contribution.

C'est un monsieur dans la soixantaine qui intervient en premier, très allant : c'est une « grande gueule », tout le monde le comprend rapidement, et il n'aurait raté l'occasion pour rien au monde de s'emparer du micro tendu à la salle. Il commence à tancer le premier adjoint : « Alors déjà vous vous prétendez de la ruralité, monsieur l'adjoint de Carignan-de-Bordeaux, mais laissez-moi rire, 4 000 habitants c'est ÉNORME, moi je viens d'un petit village de seulement 250 habitants à plus d'une heure de route, alors vous allez pas m'expliquer la ruralité. Du coup, j'ai une question : on fait comment, nous, avec les sangliers ? Faut bien qu'on sache. Ils répondent quoi les écolos, qu'il faut plus les chasser, avec tous les dégâts que ça fait ? »

Une autre main se lève. Une maman de Carignan, la trentaine, qui explique avec calme qu'on n'est pas ici pour débattre de qui est plus ou moins de la ruralité, que ce n'est d'ailleurs pas vraiment un concours, mais que, en revanche, à la suite de la question sur les sangliers, elle en a une autre : elle qui veut se promener en sécurité avec ses enfants en forêt, comment faire pendant les périodes de chasse où elle ne se sent pas tranquille et a déjà eu de grosses frayeurs ?

Ça y est, il se produit ce que je cherchais : des personnes, qui n'auraient pas forcément eu l'occasion de se retrouver dans la même pièce en temps normal, non seulement sont assises côte à côte, mais qui en plus entrent en dialogue. Quelque chose se passe… Et on va pouvoir en faire un moment intéressant, où chacun apprend un truc, s'ouvre au point de vue des autres. On en a si peu l'occasion dans la société actuelle… À part peut-être en conseil municipal – mais ils sont si souvent devenus un théâtre d'invectives que seuls les initiés s'y retrouvent, pendant que la plupart des participants le subissent plus qu'ils n'y participent vraiment.

Alors ce soir-là, à Carignan, je prends la parole à mon tour. Je ne nie pas que les sangliers puissent faire des dégâts, notamment dans les cultures, mais indique aussi que je ne suis pas naïve et sais bien que le nombre faramineux de sangliers abattus chaque année – plus de 842 000 en France en 2021 contre 35 000 environ au début des années 1970, soit 20 fois plus – est la conséquence mal maîtrisée d'une volonté politique et historique de disposer d'une abondance de « gibier » à « réguler » par la chasse de loisir.

Certes, le développement des cultures intensives de maïs a profité aux sangliers qui en raffolent – en France, un champ sur quatre en « grande culture » est un champ de maïs, dont seul 1,7 % est destiné à la consommation humaine, d'ailleurs, c'est une autre histoire – mais l'agrainage cynégétique (des chasseurs nourrissant volontairement les sangliers) a aussi favorisé leur prolifération.

Je rappelle aussi que la nature m'est chère et que je trouverais juste et sain que chacun y ait équitablement accès. Que la question posée par la maman est légitime, et que les Écologistes ont d'ailleurs une réponse à lui proposer : nous prônons une journée sans chasse par semaine. Notons que 82 % des Français sont favorables à cette mesure. Selon une enquête menée par Ipsos en septembre 2022, 74 % des personnes interrogées déclarent avoir déjà été inquiétées par la présence potentielle de chasseurs lorsqu'ils se promènent en forêt. 73 % ont déjà évité certaines zones par peur d'un accident de chasse. Ces chiffres concernent l'ensemble des Français, avec une proportion encore plus élevée parmi ceux habitant près des zones de chasse (81 % d'inquiétude, 80 % d'évitement). Nous revendiquons que l'accès à la nature doit être mieux partagé. La France est en effet le seul pays en Europe où la chasse est autorisée tous les jours de la semaine, même le dimanche.

Voilà comment, alors que je m'attendais à parler du budget du pays, que le nouveau gouvernement

Bayrou de l'époque craignait de ne pas parvenir à faire adopter, je me suis retrouvée à débattre « chasse » de manière improvisée avec une salle partagée sur le sujet. Pour mon plus grand plaisir, on était sorti de la bulle de l'actualité en temps réel pour parler des préoccupations quotidiennes des Français. Celles qui remontent du terrain.

À la fin de la réunion, psychodrame : l'adjoint et le responsable du groupe local se fixent en se renvoyant chacun la balle du regard – personne n'a prévu l'apéro que je viens d'annoncer par la force de l'habitude, sans avoir vérifié, en concluant la réunion. Je ne me démonte pas et j'en appelle donc à notre chasseur, qui avait émaillé la réunion publique de quelques blagues provocatrices – et d'un goût parfois douteux – sur les écolos, devant une salle bon public, moi y compris : « Notre ami chasseur doit sûrement avoir de quoi nous dépanner dans son coffre, fidèle à la tradition. » Il rit le premier. La salle embraye. Il se lève : « Je reconnais que je l'ai bien cherché, merci pour la repartie. Bon, par contre, je vais pas traîner, j'ai de la route, je viens de la vraie ruralité, MOI. Mais avant, on peut faire une petite photo ? » Je m'exécute. On discute un peu. Il a passé une bonne soirée. Moi aussi.

*

Il y a de la joie dans les réunions publiques inversées. Et ça fait tellement de bien ! On reste souvent longtemps à discuter autour d'un verre à la fin – l'organisation s'est rodée depuis Carignan-de-Bordeaux, et la préparation de l'apéro n'a plus jamais été oubliée, apéro qui s'est même mué parfois en « un dîner presque parfait » version militants écolos.

C'est l'un des très bons côtés de ma fonction : j'ai la chance de militer dans un parti où il fait bon vivre. Où l'on connaît le plaisir de partager la tarte préparée le matin, les premières fraises du jardin, le fromage du voisin, une bière du coin – « Comme t'es du Nord, on s'est dit que tu préférerais ça plutôt que du vin. » Et où l'on rentre toujours chez soi avec un pot de confiture ou de miel maison.

À Pont-Audemer, dans l'Eure, après que le débat a tourné autour de la « bécasse des marais » menacée par le projet routier de Pénétrante Ouest, une copine écolo s'avance devant moi : « Tu veux goûter mon cake maison ? Il est à une mauvaise herbe qui pousse partout dans mon jardin, mais je sais plus comment elle s'appelle, c'est un test. Je sais pas ce que ça vaut, mais vas-y, goûte, c'est ma première fois. » Je crois que les deux journalistes présents ne s'en sont jamais remis… (moi oui, c'était très bon !).

*

Ce qu'il y a d'intéressant avec ce format, c'est de sortir des sentiers battus, et d'aller là où les personnalités nationales ne vont jamais. J'ai commencé à Caurel, 695 habitants, dans la Marne, en organisant des « vœux inversés » en janvier 2025. Il s'est passé tant de choses dans cette soirée… notamment un agriculteur qui poussait pour la première fois de sa vie la porte d'une « réunion politique », parce que l'heure était trop grave et qu'il voulait alerter sur le traité du Mercosur, l'accord de libre-échange entre l'Argentine, le Brésil, le Paraguay, l'Uruguay, le Venezuela et l'Union européenne, en cours de signature. On sentait dans son intervention comme une prise de risque, une crainte de la réaction de la salle. Ce fut tout l'inverse. L'assistance entière l'a soutenu et, contrairement à ce qu'il pensait, moi aussi. Et pour cause : les écologistes ont depuis des décennies une position constante et cohérente sur les traités de libre-échange qui font des paysans français leur variable d'ajustement. Avec José Bové, du Parlement européen à Seattle, puis avec Yannick Jadot et Benoît Biteau, et désormais avec Majdouline Sbai, nous les avons combattus de manière acharnée, pas comme celles et ceux qui se sont réveillés au dernier moment – et trop tard – sur le sujet. Il est parti en se sentant moins seul.

À Verneuil-en-Bourbonnais, dans l'Allier, même topo. 237 habitants, visite d'une ferme d'élevage laitier conventionnel dont l'exploitant reconnaît, bien qu'il ne soit pas forcément écolo, que le changement climatique est en train de bouleverser son métier.

Les vaches laitières sont en effet particulièrement sensibles aux températures élevées en raison de leur physiologie. Elles possèdent une panse volumineuse qui génère de la chaleur lors de la fermentation des aliments. Ainsi, dès que la température ambiante dépasse 25 °C, elles commencent à souffrir de stress thermique. À partir de 30 °C, ce stress devient sévère, et au-delà de 42 °C le risque de mortalité augmente considérablement. Ainsi, dans un scénario à + 4 °C tel qu'attendu en France d'ici à 2100, on pourrait envisager une multiplication par 2 à 3 de la mortalité actuelle, selon les conditions locales et les capacités d'adaptation mises en place.

Cet agriculteur voit déjà des maladies émergentes dans son troupeau, qu'il redoute de plus en plus. Il vient le soir, prend la parole avec quelques autres agriculteurs et un chasseur. Un jeune fonctionnaire intervient aussi, il ne dit pas dans quel secteur il travaille, mais il veut savoir ce que je pense de la manière dont certains politiques parlent de la fonction publique et de celles et ceux qui la font tourner au quotidien. À la fin de la réunion, il viendra me confier qu'il est agent de l'OFB (Office français de la biodiversité), mais n'a pas osé le dire pour ne pas donner l'impression de polémiquer. Qu'il a été touché que, dans ma réponse, je fasse spontanément allusion à son corps de métier et aux brimades populistes inutilement humiliantes qu'ils ont subies pendant des mois de la part de quelques élus… dont le Premier ministre François Bayrou.

*

Ces réunions publiques inversées sont une vraie respiration politique. Et je peux vous assurer que personne ne m'y parle des « petites phrases » des uns et des autres qui animent les rédactions. Cela revient à créer un espace où ce qui compte n'est plus ce que l'on sait, mais ce que l'on comprend, ce que l'on ressent, ce que l'on partage.

Je vois tellement de politiques et d'éditorialistes faire semblant d'être parfaitement informés et compétents sur tous les sujets. Ce côté mandarin peut plaire à certains, en impressionner quelques-uns. Mais la plupart des gens voient bien l'artifice. Franchement, vous ne trouvez pas ça un peu ridicule, parfois, les Jean-Michel spécialistes de tout et experts en rien qui ne se remettent jamais en question, ne s'excusent jamais ?

Dans une époque saturée de bruit, de clashs et de commentaires, écouter devient un acte radical. Un acte politique. Cette méthode, je la revendique. Et je l'applique désormais à chacun de mes déplacements.

10

Solitudes

Non, je ne vais pas vous parler de mes pires moments de solitude en politique. Quoique, il y aurait matière…

À l'âge de vingt ans, j'ai découvert Kundera. Profondeur existentielle, légèreté méditative : son univers m'a touchée. Dans *L'Immortalité*, il écrit « solitude douce, absence de regard ». Par ces mots, c'est la solitude choisie qu'il évoque, loin de l'agitation sociale, une solitude pleine de silence, de paix, de liberté. Ce n'est pas un isolement triste, mais un retrait bénéfique, une quiétude intérieure retrouvée. Personne ne nous observe, ne nous juge, ne projette sur nous d'attentes ou de rôle à endosser.

Oui, la solitude a pu être poétisée, idéalisée. Et dans certains milieux où la vie sociale est rythmée par une hypersollicitation permanente, s'offrir un moment hors du temps et du tohu-bohu incessant peut être un luxe. Mais la réalité de la solitude, pour une part croissante de la population, est tout autre : elle n'est pas choisie mais subie, pesante, et souvent invisibilisée.

L'année de ma seconde, au lycée à Lens, il avait été proposé à qui le souhaitait d'aller le lundi sur l'heure du déjeuner rendre visite aux patients du service gériatrie du centre hospitalier de la ville, au bout de la rue. Avec quelques copines, nous nous sommes portées volontaires, et ça a été l'un des bénévolats les plus formateurs de ma vie. Certains, dans le service, ne recevaient jamais de visite. Mais au moins, à l'hôpital, n'étaient-ils pas totalement seuls. C'est à ce moment-là que j'ai pris conscience du travail remarquable des équipes de soin qui, au-delà des pathologies, s'efforcent de répondre à quelque chose de plus insidieux, peut-être même de plus terrible encore : la solitude de ces personnes âgées.

*

Nous aurions tort de considérer qu'elles sont les seules à être confrontées à la solitude. Le saviez-vous ? Un Français sur quatre en souffre. C'est le résultat du très sérieux « baromètre » sur la solitude réalisé par l'Ifop en 2025, et qui concerne les plus de quinze ans.

Or cette épidémie de solitude a de nombreuses conséquences, dont un réel impact sur la santé. D'après l'OMS, l'Organisation mondiale de la santé, passer trop de temps seul est aussi nocif que de fumer quinze cigarettes par jour ! La psychologue Julianne Holt-Lunstad, pour ne citer qu'elle, a par exemple montré que l'isolement social augmente aussi le risque de décès prématuré autant que des facteurs comme l'obésité ou la sédentarité…

Cette épidémie de solitude n'est pas simplement un malaise individuel, mais un symptôme profond de notre époque qui appelle une réponse… politique. Pourtant, c'est un sujet complètement ignoré dans le débat public. J'y réfléchis depuis longtemps, et plus j'y pense, moins je comprends pourquoi. Cela me touche autant que cela me perturbe.

J'ai donc décidé de mettre la solitude sur la table de toutes mes forces, pour qu'elle devienne enfin un enjeu de débat politique.

*

La solitude touche toutes les générations et toutes les couches de la société. Chez les jeunes, le passage du lycée à l'enseignement supérieur peut représenter un point de bascule qui isole et favorise le repli sur soi. Et ce sentiment atteint un pic notable chez les jeunes actifs âgés de 25 à 39 ans, qui sont plus d'un sur trois à se sentir particulièrement seuls, soit deux fois plus que les 60-69 ans.

Cet état de fait est alarmant mais n'a rien de surprenant. Nous sommes passés d'un monde collectif à un monde fragmenté. De la société industrielle – structurée autour des classes, des collectifs de travail, des territoires vivants – à une société post-industrielle où l'individu est devenu l'unité de base.

La solitude s'accentue au travail. Les métiers ouvriers d'hier s'exerçaient dans un contexte social encadré par des syndicats, rythmé par des luttes, des pauses, des discussions – comme chez moi, dans les Houillères du Pas-de-Calais, avec leurs repères, leur fierté, leur solidarité. Aujourd'hui, les emplois de service, qui concernent en grande majorité les classes populaires – manutentionnaires, aides-soignantes et aides-soignants, routiers, livreurs et livreuses... –, sont des métiers solitaires. Des tâches logistiques, fractionnées, précarisées, qui ne créent plus de lien mais dispersent. Le télétravail, qui présente évidemment de nombreux bénéfices, peut aussi accroître aussi ce sentiment.

La solitude est aussi territoriale. La désindustrialisation a vidé les villes moyennes de leurs usines, mais aussi de leurs bistrots, de leurs associations, de leurs places vivantes, de leurs écoles. Ces lieux de sociabilité ont disparu un à un, emportant l'âme des territoires. Et ce n'est pas un hasard si la solitude est l'un des marqueurs les plus puissants du mouvement des Gilets jaunes : ce cri venu de celles et ceux qui ne se sentaient plus vus, plus écoutés, plus reliés à rien.

Car ce sont évidemment les plus modestes qui en paient le prix fort : personnes sans emploi, travailleurs indépendants (notamment les agriculteurs), personnes à la tête de foyer monoparental... La solitude affecte 31 % des catégories modestes et pauvres contre 11 % des personnes aisées. L'écart varie enfin selon l'orientation sexuelle : 33 % des personnes LGBTQIA+ contre 16 % des hétérosexuels. Et si un Français sur cinq déclare souffrir de solitude, ce taux monte à un sur trois pour les personnes en situation de handicap.

*

Cette épidémie s'est propagée dans nos sociétés à vitesse grand V. Certes, il y a eu le Covid, qui a eu un impact important, surtout sur les jeunes, au point que la solitude chronique en France reste supérieure à son niveau d'avant la crise sanitaire. Mais ce n'est pas la seule explication.

À l'époque, les réseaux sociaux ont été une bouée de sauvetage pour beaucoup, mais n'oublions pas, maintenant que le confinement est derrière nous, qu'ils offrent un miroir déformant de la réalité et une illusion de lien.

Car la solitude moderne n'est pas seulement une affaire de lien rompu, c'est aussi une affaire de lien vidé. Les réseaux sociaux comblent l'absence par le flux, mais rarement par le sens. Et ils exploitent notre besoin profond de connexion aux autres et de reconnaissance, en le mettant au service d'un capitalisme prédateur qui transforme les relations humaines en ressources monétisables.

*

Beaucoup de gens ont fini par intégrer l'idée qu'ils ne comptent plus. La solitude n'est pas qu'une souffrance affective : c'est une violence sociale, qui reproduit et amplifie les inégalités.

De là à dire que ce sentiment a favorisé la montée des populismes, en particulier du Rassemblement national en France ? À ma connaissance, aucune étude ne le prouve. Mais je constate bien souvent que, quand on est seul, on développe plus facilement un rapport blessé à l'autre, une méfiance diffuse, envers les étrangers, envers son voisin, envers ses collègues, et parfois même envers sa propre famille. Un isolement qui peut engendrer un vote de défiance : contre les autres, contre les institutions, contre le système tout entier.

Lors de mes déplacements, je croise trop de visages fermés dans une solitude silencieuse, trop de personnes dont il est évident qu'elles n'ont pas ou si peu de contacts humains. Et chaque fois, je me dis que cette vulnérabilité les expose d'autant plus au cynisme du Rassemblement national, qui sait si bien exploiter leur désarroi.

*

À problème politique, réponse politique !

Il est urgent que nous réfléchissions collectivement à retisser des liens humains, à recréer des espaces de rencontre – notamment dans les quartiers et les zones rurales –, à redonner du sens au vivre-ensemble au-delà des écrans.

Dans cette transformation nécessaire, nous, les écologistes, grâce à notre rapport au vivant, à l'autre et à la solidarité, avons un rôle central à jouer.

Car s'attaquer à la solitude, c'est interroger en profondeur certains fondements de notre société : l'individualisme, la course à la performance, l'urbanisme inhospitalier, l'hyperconnexion numérique, le recul des services publics, notamment. C'est un chantier ambitieux qui nécessite une vision à long terme – deux choses rarement encouragées par le rythme électoral. Alors, en attendant, on contourne le sujet, et on pense nos politiques publiques de manière cloisonnée – éducation, santé, logement, emploi…

Pourtant, sur le terrain, nos élus écologistes, eux, ont déjà mis en place de nombreuses initiatives qui vont dans le bon sens. À Poitiers, le centre communal d'action sociale (CCAS) propose un service d'animation enrichi par le dispositif « Vacances pour tous-aussi pour les aîné·es », qui offre des sorties à petits prix afin de permettre aux seniors de s'évader et de créer du lien. À Strasbourg, cela passe par un partenariat actif avec les Petits Frères des pauvres, qui s'appuie sur des bénévoles pour repérer les personnes isolées. La ville propose aussi des outils d'information et de soutien comme la ligne téléphonique « Info seniors » et le « Café des aidants », un lieu d'échange destiné aux proches aidants.

Les municipalités écologistes repensent les espaces publics pour favoriser la convivialité. Des outils de participation citoyenne encouragent également le dialogue et le sentiment d'appartenance. À Lyon, la ville soutient le réseau des Petites Cantines, des cantines de quartier à prix libre qui reposent sur l'entraide entre générations. Quarante projets d'habitat inclusif ont été lancés, en particulier pour les personnes âgées et en situation de handicap. Par ailleurs, un centre de santé mentale destiné aux étudiants a ouvert ses portes, pour répondre à une forme de solitude souvent moins visible.

Dans des communes plus petites comme Naves, en Corrèze, l'initiative « Bavardage » permet à des bénévoles de rendre visite chaque semaine à une personne isolée. À Prades-le-Lez, dans l'Hérault, le CCAS propose des séances gratuites de zoothérapie (grand succès !) et un service de transport en minibus accompagne les aînés dans leurs déplacements hebdomadaires.

Enfin, Grenoble se distingue par une politique globale contre l'isolement, engagée dès 2014 et inspirée par les travaux du philosophe Theodore Zeldin : maison des Aîné(e)s et des Aidant(e)s, inaugurée en 2025, dispositifs variés comme les LEAP (lieux d'écoute et de parole), les maisons des Habitants...

Et ce n'est qu'un début !

*

Aujourd'hui, il est temps que les choses changent aussi au niveau de l'État. Les maisons France services, par exemple, auxquelles il donne une misère, ne devraient pas se limiter à répondre à des démarches administratives. De simples guichets, elles pourraient devenir de véritables points d'ancrage dans le quotidien des habitants où les générations se rencontrent, où les jeunes seraient accompagnés pour leur futur, où l'on pourrait s'informer, échanger, être orienté.

Pour l'heure, la France n'a ni ministère dédié ni organisation interministérielle autour de cet enjeu de société. Elle pourrait utilement s'inspirer de la démarche du Royaume-Uni en 2018 et du Japon en 2021 qui ont créé un ministère de la Solitude, et consacrent ainsi un membre du gouvernement (et un budget !) à ce sujet.

*

Enfin, je crois au pouvoir de la société civile. Il faut soutenir les associations de quartier, les AMAP (associations pour le maintien d'une agriculture paysanne), les coopératives, qui recréent du lien à l'échelle locale. Nous proposons l'instauration de budgets participatifs dans toutes les communes, pour renforcer l'engagement citoyen et lui donner un impact concret.

On le sait aujourd'hui, et c'est même prouvé grâce à une étude scientifique que l'université Harvard mène depuis plus de quatre-vingt-cinq ans en suivant les mêmes personnes depuis leur adolescence jusqu'à leur vieillesse et leur mort : la première clé du bonheur, ce sont les relations sociales. C'est simple, ce sont les autres humains qui nous rendent heureux.

Il faut orienter notre action politique dans ce sens. Car, comme on l'a vu, le bonheur, ce n'est pas seulement une affaire privée, c'est éminemment politique.

Et parce que le lien social se nourrit de moments partagés, nous devons encourager l'émergence de rituels civiques et de fêtes locales : fêtes de saison, journées de l'amitié, rencontres intergénérationnelles... C'est pour ça que je ne manque jamais une occasion de répondre favorablement à une invitation de ce type. J'ai ainsi pu ces derniers mois apprendre à jouer à la bourle avec les anciens de Tourcoing dans le Nord, à danser la soyotte à Épinal dans les Vosges, ou encore être jurée à la fête du Picodon à Saoû dans la Drôme !

*

J'ai vu trop de gens baisser les yeux dans la rue, dans les transports, dans les salles d'attente. Je garde de mes nombreuses séances de porte à porte cette boule au ventre en repensant à ces personnes, dont on sent au moment où elles nous ouvrent – quand elles nous ouvrent – que les visites sont rares, que la nôtre est presque inespérée. Que certaines en profitent pour se livrer avec enthousiasme, accueillant l'échange comme du pain bénit. Que d'autres sont recroquevillées, méfiantes, même si elles finissent par se prêter à la discussion voire par esquisser un sourire quand on a trouvé le mot pour détendre la crispation initiale.

J'emporte systématiquement leur regard, leur tristesse avec moi. Je voudrais leur dire : « On vous voit, on vous aime et on ne vous oubliera pas. »

11

L'humour, c'est le judo de la parole politique

À cinq ans, mon fils a commencé le judo.

Depuis un an, il faisait du triathlon. Il y a une tradition familiale autour de cette discipline dans ma belle-famille… L'entraînement des triathlètes se déroule en extérieur, tous les jeudis soir, tandis qu'à l'intérieur de petits judokas s'exercent. Chaque semaine, Joseph les regardait par la fenêtre à la fin de son cours, curieux, envieux : « Je pourrais faire du judo aussi l'année prochaine ? » Va pour le judo en plus !

Personne dans ma famille n'en avait jamais pratiqué, alors on a découvert en même temps que lui cet art martial qui est une pédagogie tout à la fois physique, mentale et morale, et dont l'idée principale est d'utiliser et de retourner la force de l'adversaire contre lui plutôt que de s'y opposer directement.

Eh bien, en observant à mon tour les entraînements, je me suis fait la réflexion que l'humour était le judo de la parole politique. Je le manie souvent, presque inconsciemment, comme un réflexe. Comme un bouclier aussi. Et vous êtes nombreux à me dire que cela vous plaît. Encore récemment, un homme m'a arrêtée dans la rue pour me raconter qu'avec sa femme, quand ils avaient un coup de mou et l'envie de rire, ils revoyaient en boucle la vidéo de la soirée électorale du second tour des législatives sur France 2, le 7 juillet 2024, où je réponds à Jean-Philippe Tanguy.

Le député du Rassemblement national, à qui j'ai affaire depuis 2021 sur les bancs du conseil régional des Hauts-de-France, essaie de faire le malin sur le plateau de télévision alors que le résultat de l'élection devrait plutôt l'appeler à l'humilité. Il ne cesse de me couper la parole jusqu'à ce que je lui réponde : « Je souffre en vous écoutant. Je vais vous ajouter à mon compte pénibilité si on n'abroge pas la réforme des retraites. »

La séquence complète a été montée sur les réseaux sociaux avec différents effets musicaux, et même une version « chuchotée ».

De fil en aiguille, l'humour est devenu une marque de fabrique. Ça vous fait du bien. Ça me fait du bien. Alors pourquoi s'en priver ?

*

Dans une époque saturée de cynisme et d'agressivité, savoir rire – y compris de soi –, répondre par un trait d'humour à un journaliste ou à un opposant politique qui cherche l'affrontement, c'est refuser la brutalisation du débat en étant au moins aussi – si ce n'est plus – efficace.

C'est retrouver de l'oxygène dans le combat politique. Et c'est souvent ce qui permet d'aller plus loin, sans s'épuiser. Un art de la résilience.

Ce n'est pas une stratégie que j'aurais savamment élaborée avant de passer à sa mise en œuvre méthodique. Disons plutôt que c'est un réflexe qui s'est construit au fur et à mesure, à l'expérience. Car à Hénin-Beaumont, les échanges politiques ne font pas dans la dentelle…

Quand je me suis retrouvée à mon premier conseil municipal, en 2014, le maire Rassemblement national venait de gagner la ville au premier tour.

Partout en France, les copains écolos finissent leur campagne de second tour avant le scrutin du lendemain. Nous, nous vivons ce jour-là un moment vertigineux et il y a quelque chose d'assez inhibant pour la jeune élue que je suis. Je me demande si je serai capable d'intervenir. Je sais bien que je serai hésitante, que mon stress se verra, que ce sera plein d'imperfections.

Oui, j'ai peur de ne pas bien faire. Mais je sais aussi que si je n'ose pas me jeter à l'eau tout de suite, lors de ma première séance, je vais rester au bord du bassin tout le mandat, parce que me lancer sera un peu plus dur chaque fois.

Et donc, j'y vais.

Le maire me répond avec hargne. Immédiatement. De séance en séance, un ton de plus en plus dur s'installe. Il hausse la voix, je hausse la voix, il crie, je crie, il me coupe le micro, je parle encore plus fort pour me faire entendre et finir mon intervention malgré tout. Il réplique que je suis hystérique. Moi qu'il est sexiste.

Partout, dans mon entourage, dans le parti, sur les réseaux sociaux, on me dit que je suis courageuse, que je me bats bien, et au fond de moi je sais que je m'affirme, que je prends ma place, que je me forge une carapace, ce qui s'est d'ailleurs avéré bien utile par la suite. Mais je ressens aussi une forme de malaise. Je sais faire s'il le faut, mais je ne suis pas alignée avec moi-même. Comme si je me battais sur leur terrain. J'ai l'impression de faire ce qu'eux attendent, pas ce que je suis censée faire, moi.

Et surtout cette escalade est sans fin. Quel est le sens de tout ça ?

Vient un jour un débat budgétaire. Ça monte dans les tours entre la majorité et l'opposition. Interrogé sur l'évolution des lignes correspondant aux frais de déplacement et aux frais de bouche, mon maire s'emporte, comme souvent d'ailleurs, puisque ces gens ne supportent aucune question, aucune contradiction. Il s'énerve : « Depuis que je suis maire, je ne suis jamais sorti du territoire national ! » Je réponds, du tac au tac : « Ah, mais c'est pour ça qu'ils ne vous trouvent pas à Bruxelles ? »

Car, après être devenu maire en 2014, Steeve Briois a été élu député européen un mois plus tard. Étonnante déclaration, donc, que cette affirmation de n'avoir jamais quitté la France.

La salle se bidonne. Salle pourtant très, très majoritairement composée de ses soutiens. Il fulmine : « Qu'est-ce qu'elle a, la fliquette verte ! » (On ne voit pas bien le rapport, mais passons.) Et il fusille du regard toute l'assistance qui arrête net de rire, rabrouée par le chef.

*

À ce moment précis, j'ai compris que le rire était une arme – non violente – redoutable. Qui avait en plus l'avantage de me faire du bien. Avec laquelle j'étais à l'aise, en accord avec mes valeurs.

J'ai aussi compris que depuis des mois ce ring imposé à chaque conseil municipal, c'était comme un combat de boue avec un cochon : tu peux rivaliser, et même parfois gagner, sauf qu'à la fin tu finis avec lui dans la fange. Toi, tu te sens sale. Lui, de son côté, il adore ça. Alors il n'est jamais vraiment perdant.

À force de hurlements, d'invectives et de provocations, ils espèrent nous entraîner dans leur jeu, dans leur style, nous rabaisser à leur niveau. C'est leur ambiance de prédilection, leur zone de confort.

Ce jour-là, j'ai décidé que ce ne serait pas ma voie. Que le courage ne consistait pas seulement à répondre à chaque attaque, mais à se battre pour changer les règles du jeu. Comme au judo, l'idée pour moi n'est plus de dominer l'adversaire par la force, mais de le déséquilibrer avec finesse, de retourner une attaque avec le sourire, de faire entendre une vérité sans hausser la voix.

C'est un geste politique à part entière. Et un apprentissage de tous les jours.

C'est parfois difficile de garder le moral en politique, surtout dans ma ville. J'ai eu des bas, et des très bas. Jusqu'à ce que je trouve la force d'en rire.

L'auteure et metteuse en scène Claire Audhuy n'est pas pour rien dans cette prise de conscience.

2017. Claire Audhuy, la trentaine comme moi, passe quatre mois en résidence artistique sur le territoire grâce à l'agglomération. Elle a beaucoup travaillé sur le théâtre clandestin dans les camps nazis, chez les migrants, et dans le camp de réfugiés de Jénine en Palestine, se spécialisant dans le surgissement du théâtre dans des lieux inattendus. Ce que l'on appelle « le théâtre de l'extrême ».

Claire mène un travail incroyable et courageux. Lors de sa résidence, elle monte dans un collège de la ville une pièce de théâtre avec une classe de troisième et la classe « allophone » – des élèves entre douze et vingt ans dont le français n'est pas la langue maternelle –, et cette représentation me bouleverse.

Une petite fille d'une dizaine d'années, angolaise, raconte dans la deuxième partie du spectacle consacrée aux témoignages des réfugiés que le seul souvenir de sa vie d'avant est le T-shirt qu'elle portait. À la fin de la pièce, elle vient me voir : « Dites, c'est vrai que vous avez voté contre "Ma commune sans migrants" ? » (elle évoque une motion adoptée un an plus tôt par le conseil municipal, à l'initiative du maire). Je n'oublierai jamais son regard, d'une grande incrédulité : « Ceux qui l'ont votée, pourquoi ils ont fait ça ? Qu'est-ce que je leur ai fait ? »

Je constate ce soir-là à quel point la démarche de Claire Audhuy a permis à ces collégiens d'évoluer sur leurs préjugés, et a aussi percuté certaines de leurs familles qui se sont mises à réfléchir autrement sur le sujet.

Encore la preuve que la culture est un outil puissant de prise de recul, de réflexion, d'émancipation. C'est pour cette raison que l'extrême droite en a toujours eu peur et que la droite lui coupe les vivres.

*

Mais le jour où j'ai pris conscience de la force thérapeutique du rire, c'est à la fin de sa résidence. Claire invite à L'École buissonnière, lieu culturel de la ville voisine de Montigny-en-Gohelle, toutes celles et ceux qu'elle a rencontrés pour une soirée « apéro et surprises ».

Elle entre en scène et nous annonce au cours d'un petit discours qu'elle a pris des notes tout au long de ces semaines parmi nous, et qu'elle en a tiré un petit spectacle : *120 jours à Hénin-Beaumont*, qu'elle va jouer devant nous pour la première fois ce soir.

On est un peu surpris, curieux aussi. Ça commence, façon « Questions pour un champion » dans une salle désormais plongée dans le noir :

Top !

Je suis un roquet, une féministe de l'espèce hystérique, une menteuse, une manipulatrice, une hypocrite.

On dit de moi que je suis œcuménique mais aussi atteinte, et on évoque ma duplicité permanente.

Je dois prendre un Lexomil pour que ça se passe, ou une tisane au tilleul, et les caméras (m')excitent.

Je suis au niveau du caniveau : madame pipi ou madame caca, c'est pour moi.

On m'interdit l'entrée du cimetière lors des commémorations publiques nationales car ce serait un dépôt intempestif de gerbes.

Avec tout cela, je devrais consulter.

Je suis ? Je suis…

Dès les premières secondes, je comprends qu'il s'agit de moi dans ce portrait, uniquement composé de vrais extraits de la vie politique héninoise et de verbatim hallucinants du maire.

La salle crie, d'une seule voix, prise au jeu et sûre de sa réponse :

« Marine Tondelier ! »

J'ai du mal à vous décrire ce moment. C'est une réponse, mais c'est aussi un cri de soutien.

Claire, qui a participé aux conseils municipaux depuis le public, enchaîne avec d'autres questions de ce qu'elle appelle le « Stevie Show », jingle à l'appui – sur l'air de *À la queue leu leu* –, « À, à, à, à Hénin-Beaumont, tout le monde s'éclate, à Hénin-Beaumont ».

Je suis un « gros con », pseudo-journaliste qui travaille pour les merdias, aux méthodes dignes de la Corée du Nord…

(Le chef de l'agence locale de *La Voix du Nord.*)

Je suis le dernier stalinien de France, ami des « socialopes »…

(Le chef de file communiste.)

Je suis un vieux qui pue la pisse...
(Le président du groupe d'opposition.)

Les quatre personnes concernées par ces délicieux portraits sont présentes dans la salle. Nous crions avec les autres, nous rions de ce comique de situation. Et pourtant, au même moment, tout ce que nous avons subi depuis des années – auquel je ne dirais pas que nous nous étions habitués mais contre lequel nous nous étions en quelque sorte blindés – nous apparaît d'autant plus clairement pour ce que c'est : de l'humiliation, de la violence politique, une tentative d'installer une certaine forme d'emprise.

Alors cet instant devient une forme d'exorcisme pour nous. La salle est hilare. Et nos rires nous relient. Ils nous donnent beaucoup de force. Ce qu'on vit à Hénin-Beaumont est indescriptible, difficile à comprendre vu d'ailleurs en France. Mais nous, on sait. On est fiers de montrer qu'on ne se laissera pas abattre.

Ce qu'ils veulent, au sein de la majorité municipale, c'est nous mettre sous pression, que ce soit pesant, qu'on ne puisse plus respirer, que l'on parte. Eh bien, vous savez quoi, monsieur Briois ? Nous, on rit. Vous ne nous faites pas peur.

C'est d'ailleurs le réflexe que j'ai adopté lorsqu'on me demande de raconter ma vie d'opposante à Hénin-Beaumont. J'ai réussi depuis bien longtemps – non sans difficultés – à mettre cela à distance, et on me fait souvent remarquer que mes interventions sur le sujet ressemblent à des « one-woman-show ».

« Mais comment tu arrives à nous faire rire sur un sujet pareil ? »

Je le revendique : le combat n'interdit pas la joie, la gravité ne doit pas faire taire l'ironie. Et le message passe même mieux comme ça.

Claire a tiré de *120 jours à Hénin-Beaumont* un livre du même nom, drôle mais poignant, puissant. Son rapport d'étonnement, en quelque sorte. Ses *Lettres persanes* de Montesquieu à la sauce 6-2.

Et elle continue à jouer le spectacle très régulièrement, en l'actualisant au fur et à mesure. Parmi les choses qu'elle a ajoutées : ce qu'il s'est passé quand elle est revenue plus tard jouer chez nous.

À la fin du spectacle, certains spectateurs retrouvaient leurs voitures sans pare-brise ou bien les pneus crevés, alors qu'ils étaient juste venus assister à un spectacle qui montre avec esprit et drôlerie le RN tel qu'il est.

Le public arrivait donc en voiture et repartait à pied… « Ma contribution à l'écologie », ironise-t-elle quand je l'appelle pour prendre des nouvelles en écrivant ce chapitre.

12

Retour aux sources

Je ne viens pas d'une famille de gauche, mais je le suis devenue en classe de CP.

Je m'en souviendrai toute ma vie. École publique Bracke-Desrousseaux[1], Hénin-Beaumont toujours, distribution des bulletins scolaires du premier trimestre, classés dans l'ordre, évidemment. Du premier au dernier.

Je suis la première, un peu gênée, et je sais déjà qui est le dernier. Tout le monde le sait. Tout le monde connaît aussi les difficultés sociales et familiales auxquelles il est confronté. Je me dis : « J'ai plus de chance que lui. » J'en suis bien consciente, du haut de mes six ans. Je me rappelle ce jour-là être rentrée chez moi en me faisant la réflexion que, vraisemblablement, il serait dernier toute sa vie. Et que c'était injuste.

1. Ironie de l'histoire, j'ai appris récemment, grâce au livre d'Olivier Faure, que le député socialiste Bracke-Desrousseaux était notamment connu pour sa phrase : « Enfin, les difficultés commencent ! », prononcée le 10 mai 1936 après la victoire du Front populaire.

Plus tard, j'ai lu Bourdieu. J'ai pu mettre une explication sociologique derrière mon intuition de petite fille, et je me suis engagée, le temps d'une année scolaire, en donnant quelques cours de soutien dans le quartier défavorisé de Lille-Fives.

*

Et puis il y a eu le catéchisme. Première séance traumatisante : « Vous connaissez Jésus ? Vous ne le voyez pas, mais il est dans un coin de la pièce, et il vous regarde, tout le temps. À l'école, dans votre chambre. Il est toujours là. » Silence dans la salle. « Ça fait froid dans le dos, hein ? » Oui.

Mais j'ai aussi été marquée ensuite par l'étude des textes et les messages de tolérance, de paix, d'amour. Dans mon cerveau de petite fille, difficile de faire le lien entre ce qu'on apprenait au « cathé » et la cruauté du monde à laquelle j'étais confrontée à la télé, au JT de 13 heures que l'on regardait tous les lundis midi avec mes grands-parents, qui nous récupéraient, ma sœur, mon frère et moi, parce que mes deux parents travaillaient, pour nous éviter la cantine.

Je lis *Mon Quotidien* aussi, je m'intéresse aux problèmes du monde avec mes yeux d'enfants, dans une famille où l'on parle peu de politique. Et puis un jour, j'ose répondre à table. Je dois être en CE2. J'entends quelqu'un tenir un propos qui me dérange. Je l'interpelle : « Mais tu ne vas pas à la messe ? Pourtant là-bas on explique qu'il faut aider son prochain. »

Comme dirait ma grand-mère : « Marine, quand elle a une idée en tête, elle l'a pas autre part. »

*

Tous les étés, on allait avec elle à Berck. Dès le premier jour des vacances, alors que mes parents continuaient de travailler, ma grand-mère maternelle nous prenait tous les trois, avec mon frère et ma sœur.

Chez moi, les vacances, pour ceux qui en prenaient, c'était le plus souvent sur la Côte d'Opale : Stella-Plage, Bray-Dunes, Malo-les-Bains, Merlimont... Chaque ville a sa destination de prédilection. Héritage minier ! Au point que l'on retrouve ses copains de classe sur la plage.

Nous, on allait quinze jours au stade des Dunes, à Berck. On faisait du trampoline, des balles au prisonnier et des concours de châteaux de sable façon « lutte contre l'océan ». La vie était simple. C'est comme ça qu'elle a toujours été pour moi la plus belle.

Le soir, ma grand-mère nous lavait dans une bassine dans le jardin, avec un arrosoir qui servait de douche. Dans la petite maison où nous passions les vacances, il y avait pourtant bel et bien une salle de bains. « Mais il ne faut pas abîmer les tuyaux avec le sable. » Ce rituel durera jusqu'à mes dix ans. L'âge où officiellement je ne rentre plus dans ladite bassine. Je suis l'aînée. Pour mon frère et ma sœur, ça continue un peu.

Berck, c'est là que l'Assistance publique de Paris a installé, au milieu du XIXe siècle, un premier hôpital maritime pour les enfants malades. On pense alors que l'air marin, le soleil et les bains de mer peuvent soigner diverses pathologies comme la tuberculose. Plus récemment, la ville est devenue un haut lieu de la rééducation des accidentés de la route. Dans les années 1990, on pouvait encore voir des brancards sur la digue. Souvenirs marquants pour les enfants que nous étions. On pose des questions, on apprend l'empathie, et on n'oublie jamais ces images.

J'en ai passé, des vacances à Berck, et hors bassin minier on s'est souvent moqué de moi pour ça. Je continue d'ailleurs d'y aller régulièrement.

*

Notre autre lieu récurrent de villégiature était Pralognan-la-Vanoise, dans le territoire protégé du parc national de la Vanoise, en Savoie. Mes parents ont pris l'habitude d'y aller avec leurs copains de fac quand ils étaient étudiants, puis les enfants ont suivi quand ils en ont eus.

Le train-couchette, les chaussures de randonnées plus lourdes que nous, les longues marches et les nuits en refuge, les fous rires dans les dortoirs quand quelqu'un se mettait à ronfler, le vertige, tenace, les sandwichs tirés du sac-à-dos, les bons produits locaux, les barrages miniatures que l'on construit avec les cailloux que l'on trouve près du torrent, les grandes inspirations pour remplir ses poumons d'air vraiment pur, le contact privilégié avec la faune et la flore, la piste de curling officielle des JO d'hiver de 1992 (et, chaque année, la promesse qu'un jour on essaiera !), la vue imprenable depuis le balcon du petit appartement où nous avons nos habitudes – le « Petit Mont Blanc » et au loin, les jours de beau temps, le groupe montagneux de Péclet-Polset –, et tout ce qu'on comprend sans cahiers et sans notes, juste par l'observation.

C'est là que j'ai appris, année après année et à des saisons différentes, à m'émerveiller devant la nature et à ne pas être insensible à sa fragilité. Car c'est en montagne, plus qu'ailleurs, que l'on prend conscience des conflits d'usage liés à l'environnement et de l'impact du changement climatique sur les écosystèmes.

C'est là, notamment, que j'ai découvert le gypaète barbu, le plus grand vautour d'Europe, totalement disparu des Alpes françaises pendant un siècle, principalement à cause de la chasse et de la persécution – on l'accusait d'être un voleur d'enfants et un tueur d'agneaux, alors qu'il se nourrit principalement d'os. Il a été réintroduit dans le parc de la Vanoise en 1986, du côté de Termignon. Aujourd'hui, il fait partie du quotidien des randonneurs. Il est là, de nouveau, tournoyant au-dessus de nos têtes. Et c'est tellement émouvant !

À chaque venue, on prend des nouvelles de « GT054 », le mâle de la station. Et entre nos séjours, on suit son évolution sur les réseaux sociaux : ses six nidifications avec Condamine, morte à l'hiver 2023-2024 dans une collision avec les câbles du téléphérique de Tignes. Puis sa rencontre avec Plumie, la naissance de leur premier gypaéton l'hiver dernier – qui est tombé du nid quelques semaines plus tard et n'a malheureusement pas survécu. Maintenant, il faut attendre l'année prochaine pour qu'un nouvel oisillon vienne au monde, et espérer qu'il ne lui arrivera rien jusqu'à son envol.

Pour la petite histoire, c'est ici que je termine les dernières corrections de ce livre, entre deux randonnées. Je continue à y revenir dès que je le peux. Avec les enfants des amis de mes parents. Et nos propres enfants. Troisième génération ! Espérons que la quatrième pourra elle aussi avoir le luxe de s'émerveiller.

*

Après le bac, je suis partie étudier à Lille, en hypokhâgne lettres et sciences sociales. Dès les premières semaines, je me suis fait remarquer avec mon accent du Pas-de-Calais. Un jour où je lisais un texte à voix haute devant la classe, un professeur m'a dit que je ne parlais pas français.

Les *o*, les *a*, ça n'allait pas. Même réaction lorsqu'un membre de ma famille, à l'oral d'une grande école scientifique, a répondu à une question de l'examinateur : « Un met' vingt » (en écrasant le *in* de « vingt » et en prononçant le *t* final). 1 mètre 20, quoi. L'examinateur lui a répondu qu'il ne savait pas à quoi il faisait référence.

Le vendredi, les copains me disaient que ça allait mieux. Mais tous les week-ends, je rentrais chez moi, et le lundi c'était reparti, je reparlais chti.

En 2012, lors de mon premier débat télévisé à l'occasion des élections législatives, je me suis retrouvée entre Jean-Luc Mélenchon et Marine Le Pen, tous les deux venus se présenter dans ma circonscription, sans y avoir jamais mis les pieds avant. Ce jour-là, sur France 3, Marine Le Pen, à court d'arguments, m'a qualifiée de « bobo lilloise », juste parce que j'y étudiais. Si elle savait, à Lille, comment ils me considéraient…

Elle, à Saint-Cloud, je ne sais pas. Elle m'a l'air plutôt bien intégrée. Au point de continuer d'y habiter.

*

Je ne me suis jamais sentie prédestinée à faire de la politique. Et même si j'en avais eu envie, je me serais sans doute dit que ce n'était pas pour moi. À Sciences Po-Lille, où j'ai étudié « parce que je voulais continuer à travailler toutes les matières » et ne pas quitter le Nord-Pas-de-Calais, je croisais des politiciens juniors en costard – il y avait Gérald Darmanin, et il y en avait à gauche aussi –, ce qui m'a toujours laissée sceptique. Ça veut dire quoi de s'habiller ainsi à vingt ans pour s'asseoir dans un amphi ? La politique est-elle réservée à celles et ceux qui veulent en faire depuis qu'ils ont douze ans ?

À la fin de mes études, alors que je suis en stage à l'ambassade de France à Stockholm depuis neuf mois au service des affaires sanitaires et sociales, j'envoie un mail à l'Inspection générale des affaires sociales pour solliciter un stage à Paris pendant l'été. Je reçois une réponse très chaleureuse mais qui se termine par une phrase qui me fait tiquer : « Ne nous inquiétez pas, avoir fait Sciences Po-Lille n'est pas gênant. » Sous-entendu : « Bon, OK, vous n'avez pas fait Sciences Po-Paris, mais ici on est tolérants. »

J'ai vingt ans, je suis fière de mon parcours, mais je vois bien qu'il existe un monde où cela ne sera jamais suffisant.

*

Je suis finalement entrée en politique par un concours de circonstances : le maire de gauche de ma ville venait d'être condamné à une peine de prison pour dix-huit chefs d'inculpation et révoqué de ses fonctions de premier élu par le Conseil des ministres, fait rarissime. À l'époque, je venais d'adhérer chez les Verts en sortant d'un meeting des européennes à Lille au cours duquel je m'étais sentie sur la même longueur d'onde que les autres participants, lesquels arboraient pour la plupart des T-shirts « à message » sur les OGM, le nucléaire et Gaza. Hénin ne comptait que quatre adhérents à l'époque. Cinq avec moi. C'était décidé, on allait se présenter aux municipales. Il ne nous manquait que… trente personnes pour boucler notre liste !

Ce sera ma première campagne. On a fait près de 10 %. Pas mal pour la première liste autonome écologiste de l'histoire de la ville !

*

Pendant des années, mes deux grands-mères me l'ont répété et re-répété : « Qu'est-ce que tu parles vite quand tu passes à la télé ! » (Elles me demandaient de les prévenir de mes passages et n'en manquaient aucun.)

Et, longtemps, je n'ai pas su faire autrement. Participer à une émission de télé était synonyme pour moi de « mode survie activé ». Mon débit était une manifestation de ma panique. Et quand tu es paniqué, tu finis par avoir peu de bande passante pour autre chose que pour ta propre difficulté : je ne devais pas sécher sur une question, je devais « placer » tel ou tel élément dont je tenais absolument à parler. Parler vite me rassurait. Je considérais n'avoir pas le choix. Je me disais : « Je dois déjà penser à tellement de choses, alors si en plus il faut penser à parler moins vite, ça va m'embrouiller. »

Et puis je suis devenue tête de liste à une élection municipale, porte-parole d'une campagne présidentielle, puis secrétaire nationale d'un mouvement politique, et j'ai vécu l'exercice différemment : mes paroles engageaient un collectif. Saine pression. J'ai augmenté d'un cran encore mon niveau d'exigence.

Surtout quand j'ai compris que mes grands-mères ne me disaient pas juste ça pour me taquiner : pour elles, comme pour beaucoup de personnes derrière leur écran ou leur poste de radio, mon rythme rendait mes propos quasi inaudibles ! Embêtant, quand même, pour une responsable politique…

Alors je me suis forcée à ralentir. Il y a eu des bugs. Du genre perte de fil au milieu d'un raisonnement. Il a fallu quelques mois avant que ma prise de parole et le rythme de ma pensée s'accordent enfin. Il y a eu des rechutes d'ailleurs, nombreuses.

Chaque fois que j'étais sur France 3 Nord–Pas-de-Calais, et donc que mes grands-mères étaient susceptibles d'être téléspectatrices, l'exercice me paraissait plus facile. C'était plus naturel pour moi de faire l'effort. Plus instinctif. Je visualisais par exemple mes grands-parents maternels en train de dîner devant la télé, comme je les ai vus faire tant de fois dans mon enfance – j'ai eu la chance de grandir et de vivre encore aujourd'hui dans la même ville qu'eux –, assis à cette grande table de ferme sur laquelle est née ma grand-mère.

Je ralentissais sans y penser, comme si je leur parlais directement, articulant et forçant le trait pour qu'ils comprennent bien. Puis c'est devenu automatique.

*

Après avoir été longtemps moquée pour mon accent ou pour mon débit de parole, le plus ironique

– et ça me stupéfie toujours – c'est qu'aujourd'hui, dans la rue, on m'arrête souvent pour me remercier de la manière dont je m'exprime : « Ce qui est super chez vous, c'est que quand vous parlez, on comprend. Vous n'essayez pas d'impressionner pour impressionner, d'utiliser exprès des mots compliqués qui embrouillent. Vous parlez vrai, on adore vous écouter. »

Être compris quand on parle est donc vécu comme une exception en politique.

Un participant à une réunion publique du NFP m'a même déjà interpellée : « Si on veut rattraper les gens du RN, faut amener les responsables politiques à Bollaert[1], qu'ils apprennent à parler normalement comme toi ! » Étonnant, non ?

Peut-être que c'est aussi ça qu'on devrait apprendre à Sciences Po et à l'ENA. À parler normalement.

1. Stade emblématique du RC Lens.

13

L'amour radical

J'ai croisé une femme un soir de réunion publique qui m'a regardée droit dans les yeux et m'a dit : « Vous êtes gentille. Mais la politique, ce n'est pas pour les gentils. »

Ah bon ? Pourquoi ?!

Il n'y avait ni ironie ni condescendance dans sa voix, seulement une lassitude profonde. Elle avait tout vu, tout entendu. Elle avait déjà été déçue mille fois.

Cette phrase m'est restée. Parce qu'au fond elle touche juste : est-ce qu'on peut faire de la politique sans se durcir ?

La vie politique peut être rude, j'en sais quelque chose. Ma crainte a toujours été de le devenir moi-même. Ce serait une forme de facilité. Mais je sais que cela me rendrait très malheureuse. Ce n'est ni ce que j'ai envie d'être ni ce que j'ai envie de porter.

Je ne crois pas que l'on doive choisir entre la radicalité des idées et la délicatesse des formes. Je pense qu'il faut les mêler. Qu'il faut savoir dire les choses avec force mais sans violence. Qu'il faut savoir écouter même quand on est en désaccord. Qu'il faut faire de la politique comme on prend soin : avec lucidité, avec exigence, avec tendresse. Pas une tendresse molle ou résignée, mais une tendresse qui regarde le monde sans détour, et qui choisit malgré tout de continuer à croire en lui.

À l'heure où le débat public est saturé de violence verbale, réintroduire la bienveillance dans la parole politique, la justice dans les décisions politiques, tout cela prend une valeur particulière. Il ne s'agit pas de fuir les conflits ou d'édulcorer les luttes, mais de proposer une autre manière de les mener.

Alors moi j'ai choisi l'amour. L'amour radical.

*

L'amour radical, c'est croire en l'autre quand le monde incite au repli.

Dans une société qui valorise la performance, l'individualisme, ou le consumérisme, y compris dans les relations humaines, aimer est un acte révolutionnaire et une revendication politique majeure. C'est refuser la compétition[1] pour lui préférer la coopération. C'est croire que l'on peut guérir ensemble, réparer ce que les systèmes brisés ont laissé derrière eux.

---

1. Petit commentaire : la compétition est d'abord, dans l'histoire du sport, un moment ludique de rencontres, de partage et d'incitation à devenir meilleur ensemble, c'est ce que l'on en fait qui est à revoir !

C'est l'amour qui écoute, l'amour qui soigne, l'amour qui se bat pour le droit de chacun à exister pleinement. C'est l'amour qui traverse les frontières, qui défie les normes, qui ne s'excuse pas d'exister hors des cases : queer, migrant, précaire, invisible. C'est l'amour qui voit un être humain avant de voir un statut, un genre, une catégorie sociale.

Aimer radicalement, c'est refuser que le monde se referme. C'est résister au cynisme. C'est porter les autres comme on porterait une promesse.

Et c'est mon défi quotidien.

Cela consiste aussi à garder en tête que toute expression – qu'elle passe par la colère, le vote ou le retrait – vient de quelqu'un, avec son vécu, ses contraintes, ses raisons. C'est une manière de prendre au sérieux ce que les autres traversent.

Et je ne me vois pas faire autrement. Je l'assume. Je le revendique, même !

Je serai sans doute moquée pour ce chapitre. Qu'on le fasse : cela ne fera que renforcer ma démonstration.

*

Je crois profondément à la cohérence entre ce qu'on défend et la manière dont on le défend. On ne peut pas se dire progressiste et, dans le même temps, reproduire des logiques de pouvoir qui excluent et écrasent.

En tant que responsables politiques, nous devons toujours garder à l'esprit que chaque décision concerne des vies réelles, et que notre action n'a de sens que si elle reste au service des personnes. Ça semble une évidence – et pourtant, croyez-moi, il m'est arrivé, lors de réunions en haut lieu, de me demander si certains responsables politiques avaient conscience qu'ils parlaient d'êtres humains, de personnes qui pensent, qui vivent, qui aiment.

Fraîchement élue à la tête de mon mouvement, je me retrouve quelques jours avant Noël à Matignon où il m'est donné l'opportunité d'exposer nos priorités. On parle écologie, beaucoup, retraites, bien sûr, et je mets aussi une demande forte sur la table : qu'il n'y ait plus d'enfants à la rue pour Noël.

J'ai préparé ce point avec plusieurs associations. Je m'attends à ce qu'on m'explique qu'il n'y a pas assez de places, que c'est compliqué. Mais je sais que c'est possible, avec de la volonté, et je n'en démordrai pas.

Sauf que la réponse qui m'est faite, ce jour-là, est plus déroutante que prévu. On m'affirme, avec aplomb : « Il n'y a pas d'enfants dans la rue en France. » Je confirme le contraire : des associations me remontent une aggravation rapide de la situation ; des maîtresses m'alertent sur tel ou tel enfant de sa classe qui dort le soir dans une voiture avec ses parents ; des élus locaux, dont quelques maires écologistes, m'interpellent sur le fait que leur préfet leur demande de fermer des gymnases ouverts en urgence pour recueillir des familles entières. Et puis, il y a les retours de Calais, ville devenue le symbole d'une honte humanitaire. « Eh bien, prenons l'exemple de Calais justement. S'il y avait des enfants à la rue, comment expliquez-vous qu'il y ait à 50 kilomètres des centres d'hébergement que l'on n'arrive pas à remplir ? »

Je réponds, calmement – j'en reviens : « Vous connaissez Calais ? Vous savez ce qu'il s'y passe en ce moment ? La police française a pour consigne de lacérer les tentes des réfugiés. De percer les réservoirs d'eau. Et les après-midi où le centre d'accueil du Secours catholique est ouvert et offre un peu de répit et de repos aux réfugiés sont spécifiquement choisis par les autorités pour détruire leurs camps et tous leurs effets personnels. Vous voulez vraiment qu'on en parle ? »

J'ai en tête une photo terrible à laquelle je ne cesse de penser : on y voit un gamin, pieds nus dans les décombres de son ancien campement. Il cherche son doudou. C'est tout ce qu'il lui restait de sa vie d'avant. Je raconte cette scène et ajoute : « Comment l'État français peut-il faire ça à des enfants, au mépris des conventions internationales ? Comment voulez-vous qu'une maman soit en confiance quand un policier lui propose de monter à bord de son fourgon pour la conduire dans un hébergement éloigné ? De toute manière, c'est en Angleterre qu'ils veulent aller. Ils ont risqué leur vie pendant des mois pour arriver jusque-là. Ils ne renonceront pas. »

En sortant du rendez-vous, la presse me demande un compte rendu de l'échange et je réitère ma requête, publiquement cette fois-ci : « Zéro enfant à la rue avant Noël, c'est possible et il faut s'y mettre tous. »

J'ai la surprise de constater que le ministre alors chargé du logement réplique à cette proposition relayée par les médias. Sur Twitter, il enrage : « Les grandes leçons et les petites manipulations, ça suffit ! La priorité du gouvernement, c'est zéro enfant à la rue : l'engagement est tenu. [...] que chacun retrouve un peu de dignité. »

Mentir sur un sujet pareil en appelant à la dignité, c'en est trop. Je rétorque à mon tour, après avoir vérifié une nouvelle fois mes informations auprès des associations : « C'est faux. À ma connaissance, le 115 du 93 est à l'heure actuelle toujours saturé. 227 demandes non pourvues hier dans ce seul département, dont 93 mineurs et 31 de moins de trois ans. Si vos chiffres diffèrent, alors parlons-en vraiment. Le sujet mérite mieux qu'un débat sur Twitter. »

Le ministre décroche son téléphone, piqué au vif. Il maintient sa position et, excédé, il me lâche : « S'il y a des enfants à la rue, qu'on me les montre, qu'on me les amène. »

Du tac au tac, je lui réponds : « Pas de problème, mais ça va faire du monde dans la cour de votre ministère. Je suis très sérieuse. »

Il baisse d'un ton. Nous nous expliquons. Comme à Matignon la veille, je comprends que les chiffres qui leur sont remontés du ministère de l'Intérieur ne sont pas les bons.

Voilà ce qu'il se passe quand on dénigre et se coupe des corps intermédiaires. On pilote froidement les choses, loin de la réalité criante du terrain.

Une réunion d'urgence aura lieu juste avant Noël avec des maires écologistes pour rétablir les faits. Et ils bénéficieront d'un peu de répit pour mener à la place de l'État des politiques d'urgence qui sont tout ce qu'il reste à ces personnes que les autorités ne veulent pas voir.

Ce genre d'expérience peut aider à saisir à quel point les logiques de pouvoir excluent, et surtout éloignent…

Alors oui, j'ose parler d'amour, d'attention à l'autre, d'empathie, de soin.

*

La notion de « prendre soin » est encore trop souvent associée à la sphère privée, aux femmes, aux métiers invisibles, à ce qu'on considère – bien à tort – comme des préoccupations secondaires. Pendant longtemps, on a présenté cette attention aux autres comme une qualité morale, mais pas comme une force politique.

Historiquement, ce sont les femmes qui ont assumé cette charge immense dans les foyers, dans les écoles, dans les hôpitaux, dans les associations. Elles l'ont fait, souvent sans reconnaissance, parfois sans moyens. Ce qui s'est construit dans l'ombre porte une intelligence sociale et humaine précieuse qui doit maintenant nourrir notre façon de faire de la politique, que l'on soit une femme ou un homme.

Inspirer plutôt que dominer, écouter plutôt qu'imposer : cela suppose de repenser nos façons d'exercer le pouvoir, de rompre avec l'héritage d'une culture politique marquée par la rivalité, le rapport de force, l'agressivité. Ces réflexes sont nourris par des modèles profondément genrés, où l'autorité est souvent associée à la virilité, à la prise de parole sans partage.

On doit maintenant reconnaître que ce que l'on a trop longtemps considéré comme féminin – le soin, l'écoute – est en réalité universel, essentiel à la politique et porteur de changement.

*

On nous a amenés à déclarer que les émotions n'avaient pas de place dans nos réflexions et prises de décision, car elles viendraient brouiller l'intellect et altérer le raisonnement cartésien.

Or un être humain sans émotions, ça n'existe pas, c'est une aberration scientifique. L'émotion fait partie des ingrédients de la réflexion et de l'action. Étymologiquement, émotion signifie d'ailleurs « mettre en mouvement ». Certaines grandes écoles ont formé des générations entières en leur expliquant que l'émotion devait être rayée de leur cerveau : on voit le désastre dans la compréhension du monde de certains dirigeants.

Considérer que l'amour est un ingrédient essentiel à la politique est donc loin d'être naïf. C'est un sursaut plus que nécessaire.

*

Tout ce que je viens d'écrire nous questionne sur le type de profil que nous souhaitons à la tête de l'État. Est-ce qu'on a vraiment besoin d'un « Mozart de la finance » ? Je crois qu'on a déjà la réponse : ça ne marche pas.

À quand le ou la Mozart de l'empathie ? (Je n'ai pas trouvé d'équivalent féminin à Mozart, tout simplement parce que les grandes compositrices ont toutes été invisibilisées, à commencer par sa propre sœur.)

Plus sérieusement, la question mérite d'être posée : sur quels critères doit-on fonder le fait qu'une personne soit apte – ou inapte – à exercer le pouvoir ?

Que penser d'un homme qui préside aux destinées de millions d'autres, dont une majorité de gens modestes ou peinant à joindre les deux bouts, et qui est capable de prononcer les mots : « Une gare, c'est un lieu où on croise les gens qui réussissent et les gens qui ne sont rien » ?

Non pas « les gens qui n'ont rien ». Les gens qui ne « SONT » rien. Dès juin 2017, se traçait là le fil rouge du mandat d'Emmanuel Macron. Le mépris. Radical.

L'amour radical

J'assume de dire qu'un ou une responsable politique incapable d'aimer les gens, d'aimer son peuple, dans ce qu'ils sont, celui-là ne peut pas, ne doit pas accéder aux plus hautes fonctions.

14

L'écologie est une géopolitique

Placer l'empathie au cœur de l'action politique n'est synonyme ni de faiblesse ni de naïveté.

Mon engagement est, par essence, un combat pour la paix. Mais vous le voyez bien : j'emploie le mot combat. Cela signifie que je ne suis pas dans une position attentiste, je ne l'ai d'ailleurs jamais été. La lâcheté n'est pas dans mon ADN.

*

Historiquement, il a toujours existé deux types de pacifisme.

Le refus absolu de la violence tout d'abord, qui induit que l'intervention militaire n'est pas souhaitable, en aucune circonstance. Cette conception du pacifisme va de l'antimilitarisme le plus total à une position idéaliste qui affirme que le dialogue est toujours possible.

Et puis un autre type de pacifisme qui serait « une préférence pour la paix », ce qui passe par la prévention des conflits armés, par une réflexion sur leurs causes profondes, mais aussi par la possibilité d'un recours à l'intervention militaire, par exemple en cas d'agression d'un pays contre un autre.

Comme les Écologistes, je ne me trompe pas de pacifisme.

Nous ne choisissons pas la situation géopolitique dans laquelle nous vivons, mais nous avons le devoir d'y faire face pour défendre nos valeurs et notre sécurité, y compris par le recours à la force lorsque c'est nécessaire – une décision qui ne doit jamais être prise à la légère.

Nous assumons donc pleinement d'être partie prenante de la bataille en cours contre les idéologies totalitaires et les impérialismes – ce pacte des tyrans qui cherchent à se partager le monde au mépris du droit des peuples à l'autodétermination et de la paix.

*

On le voit déjà, les questions environnementales – accès aux ressources naturelles, dérèglement climatique, etc. – sont une force motrice dans la redéfinition des équilibres géopolitiques, qui leur sont étroitement liés. Et cela ne fera que s'amplifier à l'avenir.

Les Écologistes ont d'ailleurs toujours été en avance sur la compréhension de cette interdépendance. Pourtant, à chaque nouvelle crise géopolitique, réapparaît le même réflexe chez les autres : on écarte la question écologique comme si elle devenait secondaire, pour ne pas dire hors sujet. Comme si l'urgence climatique devait encore et toujours attendre son tour. Comme si elle n'avait rien à voir avec la sécurité des peuples ou la stabilité du monde.

Or c'est exactement l'inverse.

Le dérèglement climatique est déjà à l'origine de conflits : en rendant certaines terres inhabitables, en provoquant des pénuries d'eau potable ou des pertes de récoltes, il alimente les tensions, entraîne des migrations forcées, affaiblit des États. Ce n'est pas une menace abstraite, c'est une réalité. Au Sahel, par exemple, la raréfaction des terres fertiles provoque des affrontements entre agriculteurs sédentaires et éleveurs nomades. Certains groupes armés exploitent ces situations pour recruter ou asseoir leur influence. Le climat devient ainsi un facteur aggravant de conflits préexistants.

Selon l'ONU, plus de 1 milliard de personnes pourraient être déplacées d'ici à 2050 à cause du climat. Et plus nous tardons à agir, plus nous préparons les guerres de demain. Il suffit de voir aujourd'hui les menaces d'invasion du Groenland proférées par Trump, ou les enjeux territoriaux liés à l'extraction et l'appropriation des métaux rares et des sources d'énergie fossiles (pétrole, gaz...) pour comprendre qu'il nous faut changer de logiciel, et vite.

Car force est de constater qu'aujourd'hui les États fossiles sont aussi parmi ceux qui sont les plus réactionnaires et antidémocratiques.

Continuer à dépendre de ces derniers pour notre approvisionnement en énergie, c'est être tenus en laisse par des tyrans. C'est un frein majeur à notre souveraineté et à notre capacité de dissuasion, en particulier dans le cadre de la guerre que Vladimir Poutine poursuit actuellement en Ukraine et qu'il semble avoir l'intention d'étendre dans un avenir proche.

Notre arsenal ne doit pas être composé que d'obus et d'armes. Garantir la paix en Europe, c'est aussi se sevrer du gaz, de l'uranium enrichi et des engrais russes.

Or les Européens continuent d'importer de l'énergie russe, même si les quantités sont moindres. Depuis le début de la guerre en Ukraine, l'UE a versé davantage d'argent à la Russie pour ses importations d'énergies fossiles qu'elle n'en a accordé à l'Ukraine pour se défendre.

Quant à la France, elle est devenue le premier pays européen importateur de gaz naturel liquéfié russe (+ 81 % entre 2023 et 2024) et achète toujours plus d'engrais à la Russie pour son agriculture intensive : la France a importé un peu plus de 735 000 tonnes d'engrais minéraux depuis la Russie en 2024, un chiffre multiplié par trois depuis 2020.

Et c'est pour cela que les coupes du gouvernement de François Bayrou dans des aides telles que le leasing social pour l'achat de véhicules électriques ou Ma Prime Rénov' pour l'isolation des logements est un triple non-sens : social (ce sont deux aides directes pour les ménages français), environnemental et géopolitique.

*

Les Écologistes ont soutenu, dès les premières heures, la résistance du peuple ukrainien, et leur soutien demeurera inébranlable jusqu'à la victoire. Parce que la menace que fait peser Poutine sur l'Europe est directe. Mais aussi et surtout parce que l'Ukraine incarne des valeurs auxquelles nous croyons profondément : celles d'un peuple debout, uni, déterminé à défendre sa souveraineté, sa démocratie, et les droits de toutes ses minorités. Ce que la Russie cherche à anéantir en attaquant l'Ukraine, ce n'est pas seulement un pays : c'est l'idée même d'une société libre et démocratique.

Nous avons changé de monde. L'Europe ne vit plus avec la sécurité apportée par la présence durable des États-Unis à ses côtés. Les récents revirements de Trump en la matière nous placent devant l'urgence de construire notre Europe de la défense.

Mais il ne s'agit pas uniquement d'armes ou d'armées. Cela implique aussi de partager une vision commune, de réfléchir à nos forces et à nos faiblesses – militaires mais aussi énergétiques et numériques.

Ce tournant aura des effets concrets sur le contrat social dans chaque pays. À nous de faire en sorte que cette transformation soit en adéquation avec nos valeurs, écologiques et solidaires. Car je suis convaincue qu'il n'y aura pas d'adhésion collective à l'effort de guerre sans justice sociale et conditions de vie dignes. La cohésion nationale, c'est une condition sine qua non de la défense du pays et de la compréhension partagée des enjeux auxquels nous faisons face. Et assumer une position commune de défense ne signifie pas forcément adhérer à toutes les idées du bloc avec lequel on fait front. Faire corps, se battre ensemble, oui, mais tout en restant fidèle à ce qui nous caractérise et nous constitue.

*

Cette conception des choses s'étend à tous les théâtres de crise. Nous dénonçons l'invasion russe en Ukraine comme nous dénonçons les violations du droit international ailleurs. Le droit ne peut être défendu à géométrie variable. Une vie vaut une vie. Les morts des uns sont aussi intolérables que les morts des autres.

À l'heure où j'écris ces lignes, la situation à Gaza devient intenable pour ses habitants, au point que le directeur général de l'OMS a déclaré qu'une « grande proportion » de la population à Gaza mourrait de faim.

Défendre les droits des Palestiniens ne signifie pas excuser le terrorisme. Et encore moins fermer les yeux sur la montée de l'antisémitisme, notamment en France. De même, défendre la sécurité d'Israël ne peut pas justifier l'écrasement d'un peuple.

J'ai condamné sans ambiguïté les attentats terroristes meurtriers du Hamas le 7 octobre 2024 et, de la même manière, l'horreur à Gaza. L'ampleur des destructions, les milliers de civils tués, les entraves à l'aide humanitaire et les violations massives du droit international humanitaire nous ont obligés à nommer les choses : un génocide est en cours.

Pourquoi avons-nous mis si longtemps avant de décider de reconnaître l'État de Palestine ?

*

Une véritable alliance des autocrates se consolide et l'impunité progresse dans de nombreux endroits du monde, remettant en cause les fondements du droit international, du droit humanitaire, et donc des conditions de la paix. Partout et chaque fois, nous devons conserver la même exigence sans céder aux sirènes des intérêts commerciaux et des sensibilités idéologiques. C'est ce qui nous distinguera toujours d'un cynisme diplomatique qui choisit ses indignations.

Pas de double standard ! Je le répéterai et je le mettrai en œuvre sans relâche.

15

Grandir avec l'Histoire

J'ai grandi au-dessus des 100 000 kilomètres de galeries minières que compte le Nord-Pas-de-Calais, l'équivalent de deux fois la circonférence de la Terre. C'est vertigineux de s'imaginer cela quand on est petit. Et de se rendre compte du labeur cumulé que cela a nécessité.

Au musée du Centre historique minier de Lewarde, avec l'école ou en famille, on allait visiter une galerie reconstituée, où des guides nous demandaient de nous figurer, en démarrant un marteau-piqueur d'époque resté en démonstration, ce que cela pouvait représenter quand il y en avait quinze en action. Sans compter l'obscurité, l'humidité et la poussière, partout. Le travail harassant et le manque de protections. La menace du « coup de grisou » ou du « coup de poussière », à chaque instant, et les enfants qui, dès l'âge de six ans, poussaient les wagons. J'y ai récemment emmené mon fils, car c'est toute cette mémoire que nous devons continuer de perpétuer.

D'ailleurs, dès l'école primaire, on apprend à commémorer l'histoire minière, en particulier la catastrophe de Courrières le 10 mars 1906. La plus grave catastrophe minière de toute l'histoire de l'Europe et l'une des plus meurtrières du monde occidental s'est produite à quelques encablures de chez moi. Sur 1 700 mineurs descendus ce jour-là, 1 100 ne sont jamais remontés.

Des kilomètres de galeries interconnectées, soufflées par une boule de feu se déplaçant à travers la mine à une vitesse de plusieurs centaines de mètres par seconde. Hommes, enfants, parfois pères et fils, ont péri ensemble. Leurs corps carbonisés, asphyxiés ou ensevelis.

Quatorze survivants seulement ont été retrouvés, sauvés par 25 mineurs volontaires de la Ruhr allemande venus prêter main-forte aux secours français à la peine : dans un contexte marqué par des tensions franco-allemandes – la guerre de 1870 n'étant pas si loin –, leur arrivée a d'abord suscité de l'hostilité. Mais elle a montré que, face à l'injustice et à la tragédie, la solidarité ne connaît ni frontières ni nationalisme. Un ancrage dans la mémoire ouvrière du Nord–Pas-de-Calais.

À la suite de la catastrophe, une grève régionale massive (jusqu'à 60 000 grévistes) a été déclenchée et a conduit au niveau national à l'adoption de lois sur les conditions de travail, notamment le repos dominical.

C'est aussi à cette occasion qu'a été inventé le néologisme « rescapé », forgé d'après le patois picard dans lequel « échappé » se dit « escapé ». Les « rescapés », c'étaient donc ceux qui, à Courrières, étaient sortis au bout de plusieurs jours et étaient donc « escapés » deux fois, la première de l'explosion, la deuxième de la faim et de la soif.

Le mot « rescapé » et sa force tragique sera ensuite, à partir de 1945 et pour toujours je l'espère, associé aux rescapés de la Shoah. Être « rescapé », ce n'est pas simplement être en vie, c'est avoir traversé l'indicible. C'est avoir survécu et porter une mémoire.

C'est l'une des raisons pour lesquelles la montée de l'antisémitisme et la recrudescence d'actes et de paroles abjectes inspirés par la haine des Juifs m'horrifie. Antisémitisme que je considère, exactement comme Hannah Arendt dans *Les Origines du totalitarisme*, comme l'un des « trois piliers de l'enfer » : l'antisémitisme, l'impérialisme et le racisme.

*

Ma région a payé un lourd tribut à l'exploitation minière, mais aussi aux deux guerres mondiales qui ont durablement marqué les mémoires et le paysage. Le bassin minier du Nord–Pas-de-Calais représentait une source vitale d'énergie pour la France : il alimentait l'industrie, les chemins de fer, l'armée. Et sa localisation près des frontières belge et allemande en faisait un point stratégique pour les puissances ennemies.

Ces deux guerres, on en parle souvent à table dans ma famille.

Pendant la Première Guerre mondiale, les Allemands s'emparent d'une partie du bassin dès octobre 1914 (notamment Lens et Liévin). Chez mes grands-parents, dans l'entrée, il y a encore une photo de la place de Beaumont remplie de casques à pointe. Leur ferme est entièrement détruite, comme la plupart de la ville. Mon arrière-grand-mère Florentine, que j'ai connue, a alors trois ans.

Cette guerre sera terrible dans le secteur. Les Français cherchent en priorité à protéger ce qu'il reste du gisement minier. C'est la guerre de position. Elle durera plusieurs années.

Les crêtes (Notre-Dame-de-Lorette, Vimy) dominent les plaines charbonnières. Leur contrôle permet donc de voir et de bombarder les installations minières en contrebas, afin d'empêcher l'ennemi de progresser vers les puits encore exploités. Ces hauteurs sont défendues farouchement. Il y aura en tout plus de 100 000 morts français, 200 000 au total avec les allemands, les britanniques et les canadiens. Et ces chiffres ne tiennent pas compte des blessés ou des disparus.

Mon arrière-arrière-grand-père, Jean Nutte, a combattu à Verdun. On m'en a beaucoup parlé parce qu'il a été décoré de la Légion d'honneur pour plusieurs actes de bravoure, et notamment pour n'avoir pas hésité « sous une pluie d'obus de tous calibres à sortir de la tranchée pour faire un premier pansement à son sergent tombé grièvement blessé ». Sur l'une de ses citations militaires que ma grand-mère garde dans une boîte à chaussures, on peut lire : « Excellent caporal d'un courage et d'un sang-froid remarquable. Le 15-12-1916, ayant eu son escouade très éprouvée par le feu de l'artillerie ennemie, a su par son activité, sa belle humeur, maintenir le plus bel entrain autour de lui. Arrivé à la position conquise, a pris une part très active à la reddition de l'ennemi. »

« Sa belle humeur »... Même dans l'horreur des tranchées. Ça en bouche un coin, non ? Parce que ce que ma grand-mère a surtout retenu des récits de son grand-père, c'était plutôt les corps de ses copains couverts de rats qu'il découvrait chaque matin en se réveillant.

*

À l'école, on allait en voyage de classe à quelques kilomètres, à la nécropole de Notre-Dame-de-Lorette. C'est la plus grande nécropole militaire française. Environ 42 000 soldats français y reposent, dont plus de 22 000 en ossuaire, et 20 000 en tombes individuelles. Mon grand-père et mon oncle en sont gardes d'honneur.

Mais il y a aussi ce que l'on n'apprend pas à l'école. Et très peu dans les livres. En militant, on découvre son territoire autrement.

1915 a été l'année la plus sanglante sur les crêtes de l'Artois, mais l'histoire a occulté un moment héroïque et tragique : l'offensive de la division marocaine qui sera la première à percer les lignes allemandes au nord d'Arras, alors que les combats sont enlisés depuis des mois.

Le 9 mai 1915, à l'aube, la division marocaine reçoit l'ordre de prendre la crête de Vimy, tenue par l'armée allemande solidement retranchée. Composée principalement de tirailleurs marocains, algériens, tunisiens, mais aussi de légionnaires et de zouaves, c'est une troupe d'élite dans l'armée française. Ces soldats viennent souvent de villages d'Afrique du Nord, enrôlés ou engagés dans une guerre qui n'est pas la leur.

Sous un feu nourri, ils progressent à découvert, au prix de pertes terribles. Ils parviennent, fait rarissime, à atteindre et franchir la première ligne allemande, et même à monter jusqu'au sommet de la crête, mais les renforts promis n'arrivent pas. Les soldats, isolés, doivent se replier, faute de soutien. En quelques heures, plus de 3 000 hommes sont tués, blessés ou portés disparus.

Si je connais cette histoire, c'est parce que Jamel Oufqir, Brahim Koujane et Samir El Abbaoui, élus écologistes du bassin minier avec qui je milite depuis quinze ans, ont organisé en 2024 un hommage très émouvant à ces soldats, trop longtemps oubliés dans la mémoire nationale.

*

Pas loin de la nécropole sont reconstituées des tranchées dans lesquelles on se promenait enfants, avec l'envie de courir, de jouer dans ce labyrinthe, mais aussi l'intuition, à la gravité des regards autour, qu'il ne fallait pas.

Et puis le plus impressionnant, c'étaient ces grands cratères de plusieurs mètres de profondeur, partout. Des trous d'obus, laissés en l'état. Il y avait des enfants qui les dévalaient en riant, leurs parents paniquant à l'idée qu'un obus resté intact pourrait se déclencher. Ça n'est, à ma connaissance, jamais arrivé.

Ce qui est sûr, c'est que des centaines de milliers d'obus non explosés continuent à se désagréger dans le sol de notre territoire plus d'un siècle plus tard, émettant diverses substances toxiques, au premier rang desquels le perchlorate, résidu courant issu de la dégradation d'explosifs. Si bien qu'aujourd'hui, dans notre secteur, les femmes enceintes allaitantes et les nourrissons n'ont pas le droit de boire l'eau du robinet. Un arrêté préfectoral l'a acté depuis des années.

J'ai souvent fait le test auprès de moi, y compris chez des femmes enceintes : quasiment personne n'est au courant. Et pour avoir tenté de porter politiquement le sujet, je n'ai pas l'impression que les autorités locales ont très envie que ça change…

*

Ce dont la mémoire collective se souvient aussi beaucoup, c'est la grande grève des mineurs de 1941 du bassin minier : le plus grand mouvement de résistance intérieure contre l'occupant nazi de toute la Seconde Guerre mondiale, mais aussi le plus long, du 27 mai au 10 juin 1941. Elle commence dans une maison derrière celle où j'ai grandi : chez Michel et Madeleine Brûlé, au milieu du coron Gaudin. Le 25 mai 1941, un conciliabule se tient entre militants communistes. Au début de l'Occupation allemande, le patronat minier de la région profite en effet du régime de collaboration pour prendre sa revanche sur les avancées sociales du Front populaire de 1936 et régler ses comptes avec les syndicats. Les jours de congé sont supprimés, le chronométrage et le paiement à la tâche individuels rétablis, abaissant le salaire de base – des coups durs qui s'ajoutent à la violence et aux privations de l'Occupation.

Le lendemain matin, à 9 heures, Michel Brûlé demande à Lucien Boulant, galibot[1], de couper l'alimentation des marteaux-piqueurs, puis il présente un cahier de revendications aux ouvriers. La grève commence à la fosse du Dahomey de Montigny-en-Gohelle, au bout de la rue de mes parents, où trône aujourd'hui encore une stèle commémorative posée juste devant le pressing de l'ESAT.

En cinq jours, le mouvement s'étend à l'ensemble du bassin minier, fosse après fosse. Il y aura au plus fort du mouvement 100 000 grévistes, soit la quasi-totalité de l'effectif, et le mouvement fera perdre au moins 500 000 tonnes de charbon à l'occupant.

1. Il s'agit d'un jeune ouvrier mineur, généralement âgé de treize à dix-huit ans, chargé de tâches subalternes dans les galeries.

Les femmes, héroïques, jouent un rôle décisif en organisant notamment de grandes marches et vont jusqu'à affronter la police allemande et les autorités françaises. C'est par exemple le cas d'Émilienne Mopty dont beaucoup d'écoles des environs portent aujourd'hui le nom. Les mineurs polonais ont aussi pris une part importante mais souvent méconnue dans ce mouvement, soucieux de venger l'occupation simultanée de leurs deux pays, la Pologne et la France.

La répression allemande fut extrêmement brutale : il fallait casser l'élan de solidarité ouvrière et intimider ce bassin minier revêche. Elle a contribué à radicaliser la résistance locale dans les mois qui suivirent.

*

Le père de mon grand-père maternel, titulaire de la Légion d'honneur, de la croix de guerre, de la croix du combattant volontaire de la Résistance et de la médaille de la déportation pour faits de résistance, a été fait prisonnier au printemps 1940, comme beaucoup, au moment de la débâcle, pris dans la « poche de Dunkerque ».

Léon Hamez est agriculteur à Esquerchin, un village tout près d'Hénin situé de l'autre côté de la frontière qui sépare les départements du Nord et du Pas-de-Calais.

À son arrivée en Allemagne, il est envoyé comme travailleur de force dans une ferme près de Tilsit, dans la province de Prusse-Orientale. Il dépend du Stalag 1-1 de Stablack et son patron, coïncidence étonnante, a séjourné à Esquerchin pendant la guerre 14-18. Celui-ci se rappelle très bien le village et son clocher, qui fait face à la ferme de Léon. Il lui raconte comment il avait eu l'occasion de monter au sommet et d'admirer la vue. J'imagine à quel point cette discussion a dû paraître vertigineuse à Léon, qui avait laissé derrière lui à sa femme et à ses trois garçons la charge de l'exploitation.

Malade, il est libéré en août 1943 au titre de la « relève ». Il aurait pu estimer qu'il en avait fait assez mais prend contact avec la Résistance et milite au sein du réseau Centurie. Dénoncé, il sera arrêté à son domicile par la Gestapo le 29 février 1944 au petit matin – mon grand-père s'en souvient encore.

La Voix du Nord racontera à sa mort en 1980 ses interrogatoires interminables sous la torture, son emprisonnement puis sa déportation vers le sinistre camp d'extermination de Dachau, où il arrive en août 1944, un an tout juste après son retour d'Allemagne.

Sa robuste constitution lui permet de rejoindre un kommando du camp, à Kematen dans la région d'Innsbruck. Une usine de moteurs à réaction pour l'aviateur allemand Messerschmitt s'y est installée et il y travaille tous les jours, y compris parfois de nuit. Si on se blessait, on était soigné, mais si on tombait malade, « c'était terminé », rapportera-t-il à sa famille à son retour.

Libéré le 5 mai 1945 par l'armée américaine, il rentre le 20 mai, très affaibli et marqué de manière indélébile, comme tous les déportés. Mais il ne considérera toujours pas « avoir fait sa part » : il s'occupera de ses camarades et deviendra président des anciens déportés et internés de la résistance du Douaisis. Sa commune d'Esquerchin lui exprimera sa gratitude en l'élisant maire. Il le restera dix-huit ans, affilié à l'Union pour la nouvelle République créée par de Gaulle.

*

Je porte en moi ces histoires qui forcent le respect et appellent à l'humilité.

Je les convoque dans les moments de doute, je leur rends hommage.

Elles me rappellent d'où je viens, pour qui et pour quoi je me bats.

16

Une autre histoire des mines

Jamel Oufqir a adhéré à Europe Écologie Les Verts en 2011 et est rapidement devenu un ami. Pendant cinq ans, nous avons même coanimé le groupe local en tandem.

C'est le fils d'un mineur marocain, comme il y en a beaucoup dans le coin.

Entre les années 1950 et 1970, les Houillères du bassin du Nord–Pas-de-Calais ont recruté massivement des mineurs au Maroc, dans des conditions souvent inhumaines, dans le cadre des accords franco-marocains de 1963 sur la main-d'œuvre.

Ils débarquaient en camion, à l'improviste, dans les villages ou les petites villes. Les hommes, jeunes pour la plupart, étaient rassemblés en rangs serrés, alignés face aux recruteurs. Ces derniers ne perdaient pas de temps en paroles inutiles. Leur objectif : sélectionner au plus vite ceux qui pourraient supporter le travail difficile dans les mines.

Parmi les pratiques choquantes de cette époque, l'une des plus connues est la sélection des candidats… sur l'état de leurs dents. Pourquoi ? Parce que des dents saines sont censées indiquer une « bonne constitution », un corps solide, capable de résister à l'air saturé de poussières des galeries. Ce tri-là, ils l'appelaient « médical », mais il était aussi et surtout social, brutal, raciste.

C'est assez révélateur de la manière dont on considérait ces travailleurs : comme des corps à utiliser, pas comme des vies à respecter.

On marquait les « sélectionnés » d'un tampon vert sur le corps, comme du bétail, et les autres d'un tampon rouge. Près de 80 000 mineurs marocains ont ainsi été embauchés pour travailler dans les mines françaises.

On en parle de temps en temps avec Jamel : « Ils voulaient des gens analphabètes, qui signaient sans vraiment comprendre ce qui les attendait, qui ne créeraient pas de syndicat, donc pas de problèmes. »

Beaucoup ne parlaient pas français, étaient mal logés, mal informés de leurs droits, et souvent cantonnés aux chantiers les plus dangereux, comme les tailles les plus en profondeur.

À l'âge de la retraite, les inégalités ont continué. Ils ont eu du mal à faire valoir leurs droits et à bénéficier des quelques avantages du système minier comme leurs anciens collègues.

Leur fierté ? Leurs enfants.

Jamel est depuis 2014 élu d'une ville communiste voisine de la mienne : Sallaumines. Adjoint à l'environnement, au développement durable et à la transition énergétique. Brahim et Samir, engagés comme lui dans l'association des mineurs marocains, sont élus écologistes à Avion et à Leforest.

Je suis extrêmement fière que ces militants, reconnus pour leur engagement et ce qu'ils apportent au quotidien aux habitants de leur commune, aient fait le choix des Écologistes pour porter leur combat.

*

En mars 2020, le soir du dépouillement des élections municipales, Jamel m'a appelée. Un bulletin de vote avait été signalé, portant une injure raciste inscrite à côté de son nom entouré : « Bougnoule !! rentre dans ton pays ou sinon on va te faire bouffer du cochon. » L'horreur.

Au bout de combien de générations est-on considéré comme français si même être né ici ne suffit pas ?

*

En mars 2021, Jamel a perdu son papa des suites du Covid, qui avait une dernière volonté, connue de tous ses enfants depuis longtemps : être enterré au Maroc, sur sa terre natale, auprès de ses parents. Mais même cela il n'a pas pu l'avoir. Les règles sanitaires rendaient impossible le rapatriement de sa dépouille en plein confinement. Jamel était dévasté.

Maintenant, quand on s'en reparle, il m'avoue qu'une partie de lui est soulagée. Chaque semaine, il peut se rendre avec ses enfants sur la tombe de son père. Ça lui fait du bien, « comme une thérapie », pour surmonter l'épreuve, de le savoir là, à côté.

Albanie, Algérie, Belgique, Italie, Maroc, Pologne, Yougoslavie, Tunisie, Turquie... Dans les cimetières de la région, plus de trente nationalités différentes sont représentées, qui pendant des années se sont côtoyées « au fond », comme on disait.

Comme ils s'en allaient dans la mine, tous reposent désormais sous la même terre du bassin minier.

C'est leur histoire aussi. C'est notre histoire à tous.

J'ai aussi grandi avec une conscience vive que d'autres parcours, tout aussi marqués par le courage, la dignité et la douleur, méritaient la même attention. Qu'il ne suffisait pas de connaître l'histoire de sa propre famille pour comprendre celle d'un territoire.

Alors j'ai écouté. J'ai observé. Je me suis intéressée à celles et ceux que je croisais sur mon chemin.

À leurs récits d'exil, de travail dur, d'injustices silencieuses. Eux aussi ont bâti ce pays. Et ce sont leurs enfants qui aujourd'hui poursuivent ce combat pour la reconnaissance et la justice.

17

Ces territoires qui nous habitent

J'adore les déplacements, les rencontres, tout ce que j'y entends, tout ce que j'y apprends. Mais plusieurs fois par jour, mon bassin minier vient à me manquer. Heureusement, il y a toujours quelque chose pour m'y relier…

*

Un jour, je prends le train direction le Haut-Rhin pour aider les copains écologistes à combattre un projet d'enfouissement de déchets ultra-toxiques dans d'anciennes mines de potasse à Wittelsheim. Du fait de leur localisation et de l'instabilité du terrain, ces déchets risquent de contaminer la plus grande nappe phréatique d'Europe, qui alimente en eau potable environ 7 à 10 millions de personnes en France, en Allemagne et en Suisse.

Un militant me récupère à la gare de Mulhouse, il faut rejoindre le site en voiture. Je consulte mes messages en retard, il me briefe sur les enjeux locaux… et tout à coup je me fige. Bug. Je regarde autour de moi, j'écarquille les yeux, c'est bien ça : nous sommes au milieu d'une cité minière qui est l'exacte réplique de l'une des cités minières d'Hénin-Beaumont. C'est à s'y méprendre. Je ne savais même pas que ça existait. C'est un sentiment assez inexplicable. Tu es loin de chez toi, et cette familiarité attise soudain le mal du pays. On continue notre progression, on se gare devant un terril. Au loin, j'aperçois un chevalet.

« Ici, on dit un chevalement.

– Et le *l* de terril, vous le prononcez, vous ?

– On dit bien un "fusil", pas un fusile, alors ça m'a toujours énervé les Lillois qui prononcent le *l* de terril ! »

*

Une autre fois, je suis à Saint-Avold, en Moselle, pour me rendre à la centrale à charbon et y rencontrer des syndicalistes de la CFDT, assez intimidés à l'idée d'échanger avec une écologiste, tout autant que moi qui me prépare à me faire « recevoir », à ce que les premières minutes soient un peu tendues, crispées.

Je suis en fait très bien accueillie. Manifestement, ce déplacement était très attendu. En ouvrant l'échange devant une trentaine de salariés, le délégué du personnel commence : « Vous savez, madame, on comprend tout à fait et même on partage votre position sur le charbon. Nos parents, nos grands-parents ont passé des décennies à l'extraire, et nous on le valorisait ici juste à côté, ça avait du sens.

Mais maintenant que nos mines ont fermé, on fonctionne avec du charbon d'Afrique du Sud – celui d'Allemagne, à quelques kilomètres, n'est pas compatible avec nos installations. Ça n'a pas de sens de fonctionner comme ça, nous on veut de l'aide pour reconvertir le site, on a besoin de vous. Mais bon, ce qu'on voulait vous dire aussi, c'est qu'on veut vous prévenir : on va en parler avec émotion parce que nous, le charbon, c'est notre vie, et vous voyez, là, rien que d'en parler, j'ai les poils qui se dressent », conclut-il en me montrant son avant-bras, sous les regards et les hochements de têtes approbateurs de toute la salle, encore un peu sur la réserve.

Je les mets à l'aise tout de suite : « Je suis écologiste, oui. Mais j'ai grandi et je vis entre le terril 87, le terril 205, le terril 101 et le terril 84. Alors ça tombe bien, moi aussi j'ai les poils qui se dressent quand j'en parle. »

En une phrase, l'atmosphère a changé. « Mais c'est incroyable, moi aussi je viens d'Hénin-Liétard, dit un ancien. J'bossais à ch'cokerie d'Drocourt[1] », ajoute-t-il en prenant, pour la circonstance, l'accent de chez moi, sous l'œil amusé de ses collègues dont plusieurs sont dans la même situation : quand les mines du Pas-de-Calais ont fermé, ils ont rejoint le secteur où certaines mines ont continué à être exploitées jusqu'au début des années 2000.

---

1. L'une des plus anciennes usines de transformation du charbon en coke, qui a fonctionné près d'un siècle et s'étendait sur trois communes, dont la mienne.

Encore très récemment, j'étais aux Francofolies de La Rochelle, invitée pour une rencontre intitulée « J'ai la mémoire qui chante ». Le concept ? Choisir cinq morceaux importants de ma vie, joués par un groupe devant un public avec lequel je devais partager la raison de mes choix. Exercice super sympa !

À la fin, on me prévient que le président de la Sacem a une surprise pour moi. Il monte sur scène avec un cadeau : la copie du certificat de dépôt des « Corons » de Pierre Bachelet daté de 1982, qui trône désormais fièrement dans mon bureau au siège national du parti. À la sortie, c'est la queue, beaucoup de monde veut le voir de plus près, le prendre en photo, et me parler d'un grand-père mineur, d'une enfance dans le Nord, de virées à la mer sur la Côte d'Opale, de l'odeur des frites qui ne sentent pas pareil ailleurs…

Les territoires tissent des liens qui créent de la connivence où que vous soyez. Ce sont des souvenirs partagés, des histoires qui se répondent, des mémoires croisées. Et même si les paysages changent, même si certains lieux ont disparu, ce lien-là reste. Il fait partie de ce qui nous constitue, mais aussi de ce que l'on veut transmettre.

Ce chapitre est dédié à toutes celles et ceux qui vibrent du territoire d'où ils viennent ou de celui qu'ils ou elles ont adopté.

C'est là, dans cette diversité, que bat le cœur du pays. Ce n'est pas passéiste, ce n'est pas identitaire au sens excluant du terme. C'est tout le contraire. C'est un attachement qui ouvre et qui réunit.

De la même façon que certains accrochent un drapeau breton à leur balcon pour honorer d'où ils viennent, des jeunes nés en France portent un maillot de l'Algérie, du Maroc ou du Mali pour revendiquer leurs racines. Il n'y a aucune gêne à avoir : c'est une fierté légitime. C'est ça, la richesse de la France – un pays de trajectoires mêlées, où chacun reste, au fond, attaché à une origine, à une terre. Même lointaine, même discrète, cette mémoire ne disparaît jamais complètement – et ce n'est pas souhaitable.

*

Il y a plus d'un siècle, le ramoneur savoyard, le maçon de la Creuse, le bougnat auvergnat ou la bonne bretonne venus travailler à Paris étaient méprisés, esclavagisés, tout comme le sont aujourd'hui les migrants qui livrent à vélo nos repas sous la pluie pour 3 euros de l'heure.

On cherche à monter les uns contre les autres les jeunes racisés qui vivent dans des cités bétonnées et les retraités précaires qui vivent entre deux départementales. Mais au fond, ils partagent les mêmes galères, le même abandon, le même mépris… Mon écologie est et sera toujours là pour eux.

Un jour de réunion publique dans un quartier populaire de Lyon, alors que je suis encore une toute jeune secrétaire nationale et que j'organise des échanges ouverts pour discuter de la transformation du parti, je parle de ce que ça fait d'être considérée comme une plouc. Un habitant de Vaulx-en-Velin me répond : « Ah bah tu sais, nous, on nous prend pour des racailles. Eh bien, tu sais quoi ? Ceux qui pensent ça, on va leur montrer ce que ça peut donner si on fait l'alliance des ploucs et des racailles. »

« L'alliance des ploucs et des racailles. » Tout un programme !

*

Les territoires sont multiples et pluriels, nos attachements s'enracinent dans les quartiers populaires, dans les cités, dans les zones pavillonnaires, sur les ronds-points. Là où les habitants subissent les injustices sociales comme les injustices environnementales.

L'écologie, c'est l'intersection de toutes ces luttes. Tous ces combats-là sont liés.

Les territoires les plus éloignés des centres de pouvoir ont été, peu à peu, abandonnés. Ce sont les premiers déshérités de la République. Ceux que l'on sacrifie en silence, alors que leurs habitants contribuent autant que les autres, qu'ils paient leurs impôts, leurs factures, leur carburant, comme tout le monde. Mais en échange, plus rien. Plus de services publics. Plus de poste, plus d'écoles, plus de commerces. Et au même moment, on leur demande de se passer de leur voiture, au nom du climat, ce qui est une nécessité et une formidable opportunité pour développer le covoiturage, les transports en commun, le vélo dans les agglomérations. Beaucoup ne sont pas opposés à ces changements ; simplement, quand on réduit toujours plus l'offre de services publics, qu'on supprime des lignes de bus, qu'on ferme des gares ou qu'on allonge les trajets du quotidien, on finit par alourdir leur emploi du temps et grignoter leur temps libre déjà si contraint. Dans ces conditions, comment leur demander de renoncer à leur voiture sans leur offrir d'alternatives concrètes et crédibles ? Même les gendarmeries ferment, ce qui en dit long : quand la République ne prend même plus la peine d'assurer sa présence symbolique, c'est qu'elle a vraiment tourné le dos. Ce sont aussi des déserts médicaux, où il n'y a plus de médecins de campagne, plus de maternités, plus de solutions pour vivre dignement et se soigner.

Mais ce sentiment d'abandon ne concerne pas que les campagnes. J'en ai déjà parlé, le plus grand désert médical de France, avec 97,8 % de ses habitants vivant dans des zones classées en désert médical, c'est la Seine-Saint-Denis. On voit bien que les ruralités et les quartiers populaires ont ceci en commun : être tenus à l'écart, invisibilisés, relégués. Et pourtant, c'est là que se joue une grande partie de notre avenir collectif.

Le jupitérisme d'Emmanuel Macron s'est traduit – parmi tant d'autres trahisons – par l'abandon de sa promesse d'une France plus girondine, plus décentralisée, qui s'appuie sur ses régions et la diversité de ses territoires. À la place, nous avons eu un jacobinisme brutal, arbitraire, injuste. Et donc déconnecté de tout. Passant à côté des réalités concrètes des Français.

Pourtant, ce centralisme jacobin ne s'est pas manifesté par davantage d'État. Au contraire ! Voilà la double peine que le macronisme a infligée à notre pays : une recentralisation et une verticalité absolues du pouvoir, combinées à une liquidation des moyens de l'État.

N'oublions jamais cette leçon : le mouvement des Gilets jaunes fut l'expression d'une résistance face à la brutalité politique. Leurs cahiers de doléances, arrachés à l'oubli, seront au cœur des solutions que nous proposerons dans les prochains mois. Non pas comme des reliques du passé, mais comme des fondations pour l'avenir.

Je pense aussi essentiel que la campagne présidentielle à venir soit l'occasion pour notre camp politique de s'adresser à chaque type de territoire. Depuis quand la gauche n'a-t-elle pas pris le temps de le faire ? Pourquoi sommes-nous surpris que leurs habitants s'intéressent de moins en moins à nous quand nous parlons trop rarement d'eux ?

Des campagnes, qui représentent plus de 80 % des communes françaises. Des quartiers populaires, ces quelque 1 400 quartiers en France où habitent 5,3 millions de personnes. Des territoires dits d'outre-mer, qui couvrent une surface équivalente à 22 % de la superficie de la métropole. Des montagnes, soit 30 % du territoire national. Et des 8 millions de résidents permanents des littoraux.

Chacun doit pouvoir apprécier, quel que soit le lieu où il habite, dans quelle mesure ce que les différents candidats et candidates proposeront améliorera concrètement son quotidien.

C'est ainsi que l'on fera reculer le Rassemblement national. En occupant le terrain. Tous les terrains.

*

Les territoires sont dans l'ADN même de l'écologie politique. Parce que nos luttes convergent avec les leurs, nous avons dès le début été aux côtés des mouvements régionaux, des peuples et communautés défendant leurs langues et leurs cultures, sans jamais exclure l'autre. Les Bretons, les Occitans, les Corses, les Basques... Tous ceux qui sont profondément attachés à leur terre, à leur langue, à leur histoire. Et donc écologistes au sens premier du terme : ceux qui prennent soin de leur écosystème, de ce qui les fait vivre.

J'aime les territoires. Pas comme des cartes administratives, mais comme des battements de cœur. J'aime les chemins embroussaillés, les accents qui chantent ou qui râpent un peu, les fêtes de village, les appellations d'origine contrôlée, les paysages cabossés, les marchés du matin, les silences des forêts, les légendes, les origines mêlées. J'aime les endroits qui ont une mémoire, une odeur, une manière de regarder le monde.

C'est là que commence mon engagement. Dans ce lien charnel et affectif avec le sol qu'on foule, les gens qu'on croise, la terre qu'on ne veut pas laisser s'abîmer. Être écologiste, ce n'est pas parler de nature en général. C'est penser chaque territoire en particulier.

Je ne me bats pas pour une abstraction verte. Je me bats pour que demain, si tout va bien, on puisse encore vivre dignement ici, partout, ensemble.

18

Ode aux frites, au foot et aux terrils

On ne grandit pas dans le Pas-de-Calais sans avoir une histoire avec les frites. Et à titre personnel, je le revendique, c'est l'une des passions de ma vie.

Combien de fois pendant ma correspondance de vingt minutes entre le TGV de Paris et le TER pour Hénin suis-je sortie sur le côté de la gare de Lille-Flandres pour aller à la friterie qui fait le coin, et que je fréquente assidûment depuis mes études ! La meilleure manière de finir le trajet : un cornet de frites brûlant – sauce Hannibal ou sauce Tuche – au creux de la main, même si je n'ai pas vraiment faim. Juste pour le plaisir. Juste parce que c'est le Nord.

C'est un grand débat : qui les a inventées ? Les Belges s'en réclament avec ferveur mais on ne saura jamais. Disons que c'est probable… Mais les gens du nord de la France, c'est bien connu, en sont les ambassadeurs culturels les plus enthousiastes.

J'en mange plusieurs fois par semaine. Ça fait rire les Parisiens quand ils m'entendent en commander. Mais c'est seulement quand je sais qu'elles seront au niveau. Il y a une vérité que tous les gens du Nord connaissent : une bonne frite, ça ne se fait pas en une seule cuisson.

D'abord, on la plonge une première fois. Feu moyen, cuisson lente. Elle s'attendrit. Elle prend son temps. Elle s'imprègne. Elle devient douce à cœur, presque vulnérable.

Puis on la retire. On la laisse reposer. Et enfin, on la replonge, cette fois à feu vif. Là, elle prend sa couleur, sa résistance, son croustillant. C'est ce double passage qui fait toute la différence.

Une frite bien cuite, c'est de la patience, une science du juste moment. Et franchement, si on appliquait ce principe aux lois, aux budgets, aux relations humaines, on aurait peut-être moins d'amertume !

Alors oui, mes racines sentent parfois l'huile de friture. Mais elles sentent aussi la dignité, la solidarité, et la joie : « La frite, c'est la fête », est-il écrit sur le papier d'emballage de la friterie la plus proche de chez moi où j'ai mes habitudes. C'est une baraque à frites qui affiche la couleur sur son capot : elle s'appelle « Bienvenue chez nous » et, s'il vous plaît, elle est arrivée quatrième sur 1 312 lors du palmarès établi en 2021 par Les-Friteries.com – le top 10 des meilleures friteries du pays comprend d'ailleurs 9 établissements de la région.

Quand on parle de frites dans le Nord, on ne parle pas de fast-food, mais de gens debout devant une camionnette qui n'a pas bougé depuis quarante ans, qui a vu passer trois générations, qui connaît les préférences de chacun. Certains méprisent ces lieux. Moi, je les honore. Mieux : je les défends. Car je sais que, derrière chaque baraque à frites, il y a une forme de résistance : à la standardisation, à l'isolement, à la morosité ambiante. Et que dans le croustillant d'une frite, c'est toute une part d'enfance et de fierté populaire qui ressurgit.

*

Je viens d'un territoire sinistré… mais pas sinistre ! Des élus se sont battus pour le maintenir à flot, et même pour en faire quelque chose de beau.

Je pense évidemment à Jean-François Caron, maire écologiste historique de Loos-en-Gohelle, juste à côté de Lens. J'ai connu la ville au collège, en voyage de classe. On avait l'art de faire des sorties scolaires à moins de cinq minutes en bus !

Quelques années plus tard, au lycée, on a même fait un voyage de classe… au McDo du parking de Bollaert, soit à cinq cents mètres du lycée. Six minutes à pied (sauf qu'on y est allés en car !). L'objectif pédagogique du déplacement ? Manger tout ce qu'on voulait puis compter les calories qu'on venait d'ingérer. Plus tard, j'adhérerai chez les Verts notamment en hommage à José Bové après avoir été marquée par son action de démontage de McDo à Millau pour dénoncer la malbouffe.

Mais ce matin-là, avec la classe de collège, on est face aux « terrils jumeaux » de Loos-en-Gohelle. Un copain potache lâche : « On dirait deux seins. » Ça fait rigoler dans les rangs. Le prof de SVT arrive derrière nous et nous prend, lui et moi, par les épaules. On s'attend à se faire engueuler même si on n'est pas sûrs qu'il ait entendu. Il inspire, comme avant une grande déclaration, et déclame avec émotion, ébloui par le paysage : « Les plus hauts d'Europe ! » On rit de plus belle.

Effectivement, le terril 74, qui dépasse le deuxième, le 74A, de 2 mètres, mesure 146 mètres de hauteur par rapport au sol, soit exactement la taille de la pyramide de Khéops.

Vous trouvez le parallèle audacieux ? Eh bien figurez-vous que les deux ont aussi en commun d'être classés au patrimoine mondial de l'Unesco.

La pyramide égyptienne depuis 1979. Les pyramides nordistes depuis 2012. Le classement officiel concerne tout le « paysage culturel minier du Nord–Pas-de-Calais », soit cent cinquante-trois biens au total. Des fosses (la plus vieille date de 1850), des chevalets (qui supportaient les ascenseurs), des terrils, des infrastructures de transport de la houille, des gares, des corons…

Quelle fierté, le jour de leur inscription au patrimoine mondial de l'humanité, en écoutant le discours de Jean-François Caron ! Il s'est battu des années durant pour décrocher ce classement qui a permis d'engager la restauration de nombreux édifices, dont les briques rouges sont désormais rutilantes sous le ciel bleu du Nord – qui, oui, contrairement à la légende, s'affiche quand même de temps en temps !

Une autre manière pour moi de célébrer et de profiter pleinement de ma région est de participer à des courses en milieu naturel dites de « trail ».

Je pratique cette discipline à niveau très amateur, dans le genre sportive du dimanche – et encore, pas tous les dimanches. À chaque départ de course, j'ai souvent droit à des plaisanteries : « Ah, le grand retour de Marine sur la scène sportive. » C'est devenu un running gag. Car ce que j'aime surtout, c'est m'inscrire à des compétitions locales. Pas pour la gagne, mais pour la découverte, pour la mémoire, et pour l'esprit d'entraide sportive qui y règne.

Il y a eu le trail des poilus sur les crêtes de l'Artois, avec l'escalade des coteaux, les tranchées et la traversée de champs complètement détrempés, à la limite du praticable. Quand même courir devient compliqué, on commence à effleurer ce que pouvaient être les conditions du champ de bataille en 1914, au même endroit. On pense à la peur, au courage, au sacrifice de ces soldats, et on s'interdit de se plaindre. Sur cette course, j'avais fait contre toute attente une belle performance, mon frère et ma sœur n'en revenaient pas. Je l'apprendrai quelques jours après, j'étais enceinte. Les hormones…

Et puis il y a tous ces trails du bassin minier qui permettent de communier avec l'histoire de notre territoire et de le découvrir autrement. Le trail des pyramides noires, où, comme le dira l'organisateur en se moquant un peu de moi, « je bats un record » : je parcours 26 kilomètres au lieu des 21 prévus, prenant à gauche au lieu de la droite en arrivant face au canal de la Deûle – avec pas mal de coureurs à ma suite… La galère ! D'autant plus que, parmi les « traileurs » égarés, certains étaient sur le 45 kilomètres, voire sur le 105, qui était parti à 23 heures la veille d'Auchel… On finira par rallier la ligne d'arrivée en s'entraidant et en essayant – pour ceux qui en avaient encore la force – d'en rire.

Quant à la course de la Sainte-Barbe – la sainte patronne des mineurs –, c'est devenu une tradition familiale. Ça se court à la lampe frontale, la nuit, dans le froid du début du mois de décembre, parfois sous la neige. On passe par les cavaliers miniers d'Hénin-Beaumont, c'est-à-dire les anciennes voies ferrées aujourd'hui abandonnées ou réaménagées en trame verte, et qui, à l'époque, servaient à relier les puits de mines aux lieux de traitement, de stockage ou d'expédition du charbon. On rejoint ensuite l'ancien site de la cokerie de Drocourt, qui est devenu un parc paysager, longé par le terril 101 et le terril 84 que ces soirs-là on escalade gaiement, en s'aidant dans les passages sensibles, quand il faut se servir des mains pour monter à flanc de terril avec le sol qui se dérobe sous les pieds. De temps en temps, je m'arrête pour souffler, et je regarde cette procession de lumières qui progressent dans l'obscurité. Mais je suis toujours tirée de mes pensées par un autre coureur : « Allez, on lâche rien, on a fait le plus dur » – souvent, c'est faux ! Alors je saisis la main tendue qui m'aide à me remettre en piste et je repars.

Une année, en 2013 je crois, j'enchaîne le lendemain matin avec le cross de la Saint-Nicolas. L'addition des deux courses forme un « challenge » et j'ai la surprise, à l'arrivée, d'être appelée sur le podium. Très peu de femmes s'étaient lancées dans le 15 kilomètres le samedi et le 5 le dimanche. Mon maire est aussi surpris que moi d'avoir à me remettre une récompense. Une partie de la salle est hilare du comique de situation, lui pas du tout. Il me balance la carte-cadeau que je viens de gagner comme si j'avais la peste.

Touche de décontraction, Flunchy, la mascotte officielle de Flunch, prend la pose avec nous pour la photo. Quelques jours plus tard, je suis à un concert dans un bar près de chez moi, un homme m'accoste, une bière à la main :

« Tu me reconnais ou pas ?

– ...

– Allez, devine.

– Non, désolée.

– C'était moi... dans Flunchy. »

Il me dit que c'était son meilleur moment de la journée. Personnellement, j'en ris encore.

*

Enfin, difficile de parler du bassin minier sans un mot pour le foot et les émotions qu'il nous procure. Pour ma part, je suis tombée dedans au collège. Il faut dire que de la sixième à la terminale, je suis scolarisée... à Lens. Une ville qui vibre à l'unisson pour le ballon rond. J'ai onze ans. Nous sommes en 1997.

Un après-midi chez une copine de la cité des Fleurs, alors qu'on est dans le jardin, je perçois soudain une rumeur. Une clameur plutôt. « C'est Bollaert ! m'explique mon amie, sur le ton de l'évidence. Y a match. Ils vont chanter non-stop. »

Je tourne la tête et je le vois, ce stade mythique, derrière une série de toits alignés. Il n'en fallait pas plus pour piquer ma curiosité. On s'y rendra toutes les deux à plusieurs reprises, en tribune Trannin, derrière les buts.

Je pense que tous les habitants du coin se rappellent leur soirée du 9 mai 1998, sans doute même plus que la finale France-Brésil quelques mois plus tard. C'est la dernière journée du championnat, une saison hors du commun, au terme de laquelle Lens, au coude à coude avec le FC Metz, peut devenir champion de France à condition de faire au moins un nul. On suit le match en famille. De l'avis de tous, les commentateurs sportifs ne soutiennent pas assez Lens, alors on fait comme d'habitude : la télé allumée, mais le son coupé. À la place, on met la radio belge. Et là, on a une bande-son à la hauteur de notre engouement !

À la cinquante-troisième minute, le défenseur Yoann Lachor, formé au club, met un but crucial resté dans l'histoire.

Ma mère est tellement stressée qu'elle finit le match sur la balançoire au fond du jardin : « Vous me prévenez quand c'est fini... »

1-1. Lens est sacré champion de France pour la première fois de son histoire.

Une nuit d'ivresse secoue le Pas-de-Calais. On n'oubliera jamais.

*

Des années de galère ont suivi pour le club, ça n'a pas toujours été simple. Quant à moi, j'ai continué à aller au stade quand je pouvais. Avec ma famille, avec mon conjoint, pour faire découvrir au supporter marseillais qu'il est l'ambiance si unique de Bollaert. Et puis les frites Sensas… évidemment.

En octobre 2023, alors que je suis désormais secrétaire nationale de mon parti, Lens joue à Bollaert contre Séville, après être parvenu à se qualifier en Ligue des champions. Négociation serrée avec mon directeur de cabinet qui s'inquiète de la matinale du lendemain matin :

« Mais tu feras comment pour être à Paris si tôt le lendemain ?

– Je trouverais bien un covoiturage de supporter.

– Sinon y a un train, ça te fait rater les dix dernières minutes, ça va, non ?

– Non. À Lens, on reste jusqu'au bout. Les joueurs ont besoin de nous.

– Je comprends, mais bon, une matinale, c'est important. Des matchs, y en aura d'autres !

– Écoute, la Ligue des champions pour Lens, c'est deux fois dans une vie. Et la première, j'étais trop jeune. Donc là, j'y vais. »

(Pour la petite histoire, la chaîne acceptera de décaler la matinale au surlendemain.)

On est dans les places debout du niveau 0 de la tribune Delacourt, là où tu deviens meilleur ami le temps d'un match avec tous tes voisins. Tu fais corps, tu vibres ensemble, tu bois dans les verres qui circulent, tu relaies un agitateur de drapeau qui fatigue.

Et les larmes, évidemment, quand l'hymne de la Ligue des champions résonne dans le stade.

Le match est dur. Quel que soit le score, Lens ne sera pas qualifié pour les huitièmes de finale, mais le club doit éviter la défaite afin de l'être pour les barrages de l'Europa League. Dix minutes avant la fin (j'avais donc eu raison de ne pas miser sur le train), un but partout, l'ambiance est électrique. On chante quasiment sans discontinuer le fameux « On est là », inventé par le kop lensois dans les années 2000 et popularisé par les Gilets jaunes en 2018 :

On est làààààà, on est làààààà,
Dans la gloire ou le malheur, nous, on est làààààà,
Pour l'amour du maillot
Que vous portez sur le dos
Dans la gloire ou le malheur, nous, on est làààààà.

C'est la carte ultime des supporters, quand il faut soutenir les joueurs moralement. On a la sensation de porter, ensemble, cette équipe qui ne doit pas flancher. Fulgini finit par mettre un but à la quatre-vingt-seizième minute, le but de la victoire qui offrira à Lens la qualification en Europa League malgré son élimination en Ligue des champions.

Quelques jours plus tard, je tomberai sur Internet sur une vidéo très symbolique qui m'a marquée comme supportrice mais aussi comme militante antiraciste. On y voit Kevin Danso, né de parents ghanéens, désigner le blason de Lens sur son maillot, puis le kop lensois, en criant à un joueur espagnol qui l'asticotait : « On est chez nous ici ! »

« On est chez nous. » C'est une phrase qu'aime bien proclamer l'extrême droite. Eh bien à Bollaert, c'est un joueur noir qui, galvanisé par les supporteurs, peut la reprendre à son compte et la répliquer.

C'est beau tout ce que permet le sport, non ?

19

Quels enfants laisserons-nous à la planète ?

On se demande souvent quelle planète nous laisserons à nos enfants, mais plus rarement quels enfants nous laisserons, nous, à la planète !

Oui, notre bonne vieille Terre aura besoin d'adultes capables d'empathie, de sens critique, de courage, de solidarité. Des adultes qui ne seront pas formés qu'à produire ou à consommer, mais à réparer, à comprendre ; à désobéir parfois.

Et ça, c'est tout sauf une évidence. C'est une question d'attention et de choix politique.

Ça touche à l'urbanisme, à l'école, aux repas à la cantine, aux programmes scolaires, aux livres disponibles à la bibliothèque municipale, à la protection de l'enfance, aux moyens dédiés à la santé mentale des jeunes, aux mots que l'on emploie pour leur parler, à la manière dont on considère leurs voix ou leurs silences.

Personnellement, je ne me voyais pas écrire un livre sans dédier un chapitre à l'enfance, qui devrait être sacrée et recueillir tous nos soins, toute notre tendresse. C'est là que tout commence et que tant se joue. Mais quelle vraie place faisons-nous aux enfants dans ce monde qui va trop vite ?

À toutes celles et ceux qui ont vécu des choses inacceptables dans leur enfance, ce chapitre est pour vous.

*

Pendant des mois cette année, nous avons parlé de l'« affaire Bétharram », véritable miroir tendu à notre société, révélant la violence systémique exercée sur les enfants dans le silence, dans l'indifférence. Dans un établissement sous contrat avec l'État, des vies ont été brisées. Et rien ne semble avoir été fait pour l'empêcher, pendant des années. Rien.

Mais l'arbre Bétharram – largement médiatisé depuis et à juste titre – ne doit pas cacher toute la forêt des mauvais traitements infligés aux enfants, dont on continue à ne quasiment jamais parler dans le débat public.

Savez-vous qu'en France, selon l'Office des mineurs (OFMIN), 160 000 d'entre eux sont victimes de violences sexuelles chaque année, ce qui équivaut à 1 enfant toutes les 3 minutes, soit 20 enfants le temps que vous finissiez de lire ce livre ? 80 % du temps, l'agression se passe dans le cercle familial ou amical proche. En tout, c'est presque 10 % de la population française qui dit avoir subi un inceste, soit à peu près 3 enfants par classe. Et un enfant violenté, agressé, c'est un futur adulte abîmé, même si je crois profondément à la résilience.

Quand est-ce qu'on en parle ? Quand est-ce qu'on agit vraiment ?

Savez-vous également qu'en France 1 enfant sur 5 vit sous le seuil de pauvreté, un chiffre stable, voire en hausse, sans plan structurel efficace ? Et que les enfants issus de milieux défavorisés ont deux à trois fois plus de risques d'échec scolaire, le système scolaire français restant l'un des plus inégalitaires de l'OCDE ?

Que 3 enfants sur 4 respirent un air pollué ? Que d'ici à la fin du siècle des milliers d'écoles pourraient devenir inaccessibles à cause de la montée des eaux ? Sans compter celles qui sont déjà des passoires thermiques, où l'on suffoque en été et où l'on doit porter des gants en classe en hiver.

Les cancers pédiatriques augmentent beaucoup, aussi. Terriblement. En 2023, plus de 2 300 enfants et adolescents ont été diagnostiqués. Le taux de survie à cinq ans dépasse désormais 80 %, mais 60 à 65 % des survivants présentent des séquelles liées aux traitements, et 40 % peuvent développer un second cancer ou une complication grave dans les trente années qui suivent. Et nous savons qu'une part importante de ces drames a des causes environnementales.

Enfin, depuis la pandémie de Covid-19, on le sait, les enfants et les adolescents sont de plus en plus touchés par des troubles psychiques, pendant que les GAFAM, ces géants du numérique, engrangent des milliards en exploitant leur attention comme une ressource. Les profits de ces entreprises grossissent pendant que notre jeunesse s'abîme.

Alors, on fait quoi ?

On se relève les manches et on met enfin l'enfance au centre des politiques publiques !

*

Dans la République, tous les enfants devraient être protégés. Mais à voir l'état de l'Aide sociale à l'enfance, on constate que la violence vient aussi de l'institution. Les enfants placés sont encore très nombreux à subir des ruptures de parcours, des maltraitances ou des négligences institutionnelles, sans recours efficace. Ça donne des enfants trimballés d'un foyer à un autre. Des jeunes majeurs, parfois jetés à la rue le jour de leurs dix-huit ans, comme si la majorité effaçait d'un coup la vulnérabilité. Selon le rapport de la Fondation Abbé-Pierre, 26 % des SDF nés en France sont d'ailleurs d'anciens enfants placés par l'ASE. Si des « contrats jeunes majeurs » existent pour continuer de les protéger après leur majorité, ils ne sont pas automatiques et très insuffisants. Pourquoi ça n'est pas une bataille prioritaire ? Pourquoi ne garantissons-nous pas à chaque enfant placé un accompagnement obligatoire et bienveillant jusqu'à ses vingt-cinq ans afin d'offrir à celles et ceux que la vie n'a pas épargnés la promesse d'un horizon plus doux et plus sûr ?

La République doit protéger TOUS ses enfants, sans distinction.

Quels enfants laisserons-nous à la planète ?

La pensée écologique, depuis ses débuts, a toujours placé l'enfant et les générations futures au cœur de ses préoccupations.

Mais aujourd'hui, tout se passe comme si ces derniers étaient considérés comme des citoyens de seconde zone. Les enfants sont absents des débats et des décisions qui les concernent. Ils ne votent pas, donc leur intérêt est moins représenté politiquement. C'est d'ailleurs la raison pour laquelle je défends l'abaissement du droit de vote à seize ans : il est incohérent qu'à cet âge on puisse aller en prison mais pas participer aux décisions démocratiques !

C'est dans ce sens que les Écologistes ont entrepris dans beaucoup de communes une politique publique innovante et fédératrice : « la ville à hauteur d'enfant ».

« À hauteur d'enfant » : c'est plus qu'un slogan, c'est une boussole. Une façon de repenser la ville non plus à travers les yeux d'un automobiliste pressé, d'un promoteur immobilier ou d'un technicien, mais à travers ceux d'un petit humain de 90 centimètres. Que voit-il ? Que ressent-elle ? Est-ce qu'elle peut courir sans crainte, respirer à pleins poumons, traverser une rue en sécurité ? Est-ce qu'il y a un arbre sous lequel s'abriter ? Est-ce que le chemin pour aller à l'école est une aventure joyeuse ou un stress quotidien ?

Depuis que des Écologistes gouvernent des villes en France, cette question n'est plus accessoire. Elle est au cœur de notre manière de penser la ville, en partant du principe que si elle est plus adaptée pour les enfants, alors elle le sera pour tout le monde.

Car un enfant, c'est un révélateur : il a besoin de sécurité, de calme, de nature, de proximité, de liens humains. L'inverse de la ville bétonnée, motorisée, bruyante, saturée. L'inverse d'une société qui isole et qui segmente. Les politiques écologistes partent de cette évidence pour agir : végétalisation des cours d'écoles, rues aux enfants, cheminements piétons apaisés, désimperméabilisation des sols, cantines bios et locales, horaires adaptés, éducation à l'environnement, droit aux vacances pour tous, places publiques repensées pour jouer, expérimenter, apprendre, s'émerveiller.

Et surtout, on écoute les enfants. Cela paraît si simple, et pourtant c'est révolutionnaire dans un monde où on les consulte uniquement pour réaliser une fresque en fin de chantier. Dans nos villes, des conseils d'enfants s'expriment, débattent, font des propositions qui sont parfois bien plus pertinentes que celles des adultes. Ils posent des questions simples et puissantes : pourquoi il n'y a pas plus de bancs ? Pourquoi les arbres sont tous pareils ? Pourquoi on doit respirer les pots d'échappement en allant à l'école ? Pourquoi c'est normal que certains dorment dans la rue alors qu'il y a plein de bâtiments vides ?

Ces questions ne sont pas naïves. Elles sont radicales au sens premier : elles remontent à la racine des problèmes. Et elles nous obligent à agir. Repenser le temps de l'enfance et nos objectifs à l'égard des plus jeunes, c'est aussi remettre en question notre rythme de vie actuel une fois adultes et donc questionner notre société. Penser le monde à hauteur d'enfant, ce n'est pas réduire l'ambition politique. C'est au contraire la rehausser. C'est reconnaître que nous avons un devoir immense : transmettre des villes désirables, respirables, vivables. Des villes qui ne cassent pas les imaginaires mais les déploient. Des villes où le jeu est un droit, où l'arbre est un voisin, où l'école est un îlot de fraîcheur, où l'on peut grandir sans peur.

Les politiques de ville à hauteur d'enfant, ce sont aussi des politiques féministes et sociales. Car celles et ceux qui accompagnent les enfants – parents, assistantes maternelles, personnels de l'enfance, c'est-à-dire des femmes en grande majorité – vivent mieux dans des espaces pensés pour les plus petits. Ce sont des politiques qui réduisent les inégalités d'accès aux services, au calme, à la nature. Ce sont des politiques de justice environnementale, dans les quartiers populaires d'abord, ceux que l'urbanisme a souvent oubliés.

C'est comme cela que nous menons nos politiques municipales là où nous sommes élus.

Et c'est comme cela que nous mènerions nos politiques nationales si nous étions aux responsabilités.

*

On parle ici des enfants, et c'est absolument indispensable. Mais qui prend soin de ceux qui les élèvent, les éduquent, les protègent ?

Je pense aux enseignantes et aux enseignants, en particulier du primaire, toujours en première ligne, trop peu reconnus, mal rémunérés, épuisés. On leur confie nos enfants mais on ne leur donne ni les moyens, ni le soutien, ni même l'écoute qu'exige leur mission. Si on maltraite celles et ceux qui prennent soin de l'avenir, c'est l'avenir qu'on sacrifie.

Même constat pour les AESH, les accompagnants d'élèves en situation de handicap, indispensables à l'inclusion scolaire mais sans statut digne. Il est temps de créer une véritable filière professionnelle, comme le demande l'intersyndicale. De créer des postes d'infirmières et d'infirmiers scolaires qui manquent cruellement dans les écoles, collèges et lycées.

Et que dire des parents, souvent seuls face aux difficultés ? Des mères solo surmenées, des familles qui renoncent aux soins, aux loisirs, aux vacances ? Des familles inégales face à Parcoursup ou aux recherches de stage ?

Les Écologistes ont des solutions concrètes : revalorisation des allocations familiales, aides spécifiques pour les familles monoparentales, moratoire sur les expulsions, plan d'adaptation climatique pour les logements sociaux, droit aux vacances pour tous, un repas bio gratuit par jour dans les cantines pour garantir à chaque enfant un accès à une alimentation saine et durable, système où les établissements scolaires sollicitent les stages et non plus les élèves et leurs familles qui se débrouillent seules, etc.

Mais il faut aller plus loin. L'État doit mettre en œuvre une véritable stratégie nationale pour l'enfance. Cela passe, dès les classes de maternelle, par une prévention efficace des violences, la régulation des contenus numériques nocifs et des plateformes qui en tirent profit.

Tout ce dont j'ai parlé au cours de ce chapitre nous montre, s'il le fallait, qu'il faut placer l'enfant au centre de l'action gouvernementale. Il est inacceptable qu'il n'y ait pas aujourd'hui de ministère de l'Enfance.

*

Et pour finir je lance un appel aux parents qui lisent ce livre. Venez avec vos enfants aux réunions publiques inversées que j'organise. Donnez-leur l'occasion de s'exprimer, de poser leurs questions, de dire ce qu'ils ressentent. De discuter à la fin. Que pensent-ils de leur école, de leur ville ? Qu'auraient-ils envie de changer ? Quelles idées ont-ils, même les plus folles ? Car souvent, les enfants disent les choses avec cette lucidité et cette sincérité qui bousculent et qui éclairent.

Ces réunions sont aussi les leurs. Pas demain. Maintenant.

Je les attends !

20

Lettre ouverte à l'écologiste qui sommeille en chacun d'entre nous

Je vais vous surprendre, mais je suis persuadée qu'on a tous un ou une écologiste qui sommeille en nous, qu'on le veuille ou non.

Nous sommes en 2025. Et désormais, tout le monde sait.

Quelles que soient les paroles prononcées, les gestes posés – ou non –, nous savons. Même si c'est tout au fond de nous et qu'on préfère ne pas y penser. Même si c'est malgré nous. Même si on n'en fait rien du tout.

Le climat qui change, les saisons déréglées, les sols qui craquent, l'air qui nous étouffe, les inondations sans précédent, les mégafeux ravageurs, les animaux qui disparaissent, les enfants qui s'inquiètent…

Ce n'est plus une question d'information. Ce n'est plus un problème de données ou de preuves scientifiques. Ce n'est même plus une affaire de sensibilisation.

Pourtant, nous observons autour de nous – et parfois en nous – cette étrange paralysie. Cette tendance à détourner les yeux, à attendre encore un peu, à espérer que d'autres fassent à notre place. Voire nous assistons à des reculs. Violents.

Peut-être que si mon livre avait commencé par là, vous ne l'auriez pas acheté. Ou vous l'auriez reposé. Mais ne le faites pas maintenant, ce qui suit ne sera pas (complètement) démoralisant !

Car figurez-vous que cela est tout à fait normal. Inquiétant, dévastateur, mais normal. Et que cela a même un nom : le syndrome de l'autruche.

*

Le syndrome de l'autruche, c'est un concept, une métaphore psychologique, qui décrit la tendance à éviter ou à nier volontairement des informations perçues comme menaçantes, anxiogènes ou inconfortables, même si ces informations sont vraies et vérifiables. L'expression vient de l'idée reçue (fausse) selon laquelle l'autruche enfouit sa tête dans le sable pour ne pas voir le danger.

Popularisé par la psychologue américaine Karen Horney au XXe siècle dans ses travaux sur le déni et les stratégies de défense du moi, ce concept a surtout été étudié empiriquement à partir des années 2000 par des psychologues comportementalistes.

Ce comportement est appelé *information avoidance* en anglais (évitement de l'information) ou aussi *ostrich effect* (action de l'autruche) en sciences cognitives : c'est un biais de confirmation inversé, où l'on élude activement les données qui vont à l'encontre de nos désirs, de nos croyances ou de nos habitudes.

Cette stratégie ne traduit en aucun cas un manque d'intelligence, mais plutôt un mécanisme de protection mentale : c'est un réflexe de notre cerveau qui cherche à se prémunir de la souffrance. Affronter certaines vérités peut être douloureux, culpabilisant ou effrayant. Alors, parfois, on préfère ne pas savoir.

Ses déclinaisons sont nombreuses : c'est le même mécanisme qui intervient par exemple quand vous reportez un test médical par peur du résultat. Que vous esquivez une conversation difficile dans votre couple ou votre famille. Que vous n'ouvrez pas vos factures ou que vous ne consultez plus votre compte bancaire quand vous avez des dettes.

À court terme, cela peut soulager. Mais à long terme, ignorer un problème ne le fait pas disparaître : au contraire, ça l'aggrave. C'est pourquoi on parle de syndrome : un comportement répétitif qui devient nuisible, pour soi ou pour les autres.

*

Évidemment, vous me voyez venir, le syndrome de l'autruche trouve une de ses illustrations les plus flagrantes dans notre rapport à la crise écologique. Malgré des décennies d'alertes des milliers de scientifiques du GIEC (Groupe d'experts intergouvernemental sur l'évolution du climat) et de l'IPBES (Plateforme intergouvernementale scientifique et politique sur la biodiversité et les services écosystémiques), ce réflexe demeure très répandu. Et même, en ce moment, je trouve, s'accentue à mesure que le danger se rapproche.

Cela peut aller du déni pur et simple (« le réchauffement climatique est un complot », « le climat a toujours changé ») à la dissociation psychologique (lire un rapport alarmant... puis reprendre sa vie quotidienne comme si de rien n'était) en passant par la minimisation des conséquences (« on trouvera bien une solution technologique », « ce n'est pas si urgent ») et le report de responsabilité (« ce sont les gouvernements, les Chinois – je ne sais pas si vous avez remarqué mais ils ont bon dos, les Chinois – ou les riches qui doivent agir, pas moi »).

Il est vrai que l'ampleur du problème peut paraître écrasante : climat, biodiversité, pollutions... Tout cela dépasse nos schémas mentaux. À cause de la culpabilité et de l'angoisse paralysantes aussi : changer de mode de vie implique des sacrifices. À cause des récits dominants remis en cause, comme la croissance, le progrès ou la consommation, ce qui heurte des croyances profondément ancrées. Et à cause de la temporalité du dérèglement écologique enfin, perçu comme lointain, ce qui affaiblit notre réaction émotionnelle.

Le syndrome de l'autruche n'est pas une faiblesse individuelle, c'est une réponse humaine face à l'impuissance perçue.

Mais dans le contexte écologique, il devient un frein collectif majeur !

L'enjeu est donc d'en sortir – non pas en criant plus fort, mais en aidant chacun à transformer la peur en courage, le déni en action, l'aveuglement en espoir partagé.

*

Maintenant que j'ai peut-être mis des mots sur ce que vous ressentez, il faut que l'on s'interroge ensemble sur ce que l'on doit en tirer. Et on ne va pas se voiler la face : si c'était simple et évident, déjà, ça se saurait, et en plus on l'aurait déjà fait. Pour sortir du syndrome de l'autruche version crise environnementale qui frappe notre société, il y a plusieurs prérequis.

Pour commencer, reconnaître et comprendre ses peurs ou ses blocages. Et ça, je viens peut-être d'y contribuer, mais c'est maintenant à vous de jouer.

Ensuite, consulter des informations fiables, même si elles sont dérangeantes. Et cela, malgré le professionnalisme de beaucoup de journalistes, ça devient compliqué, tant la désinformation est de plus en plus savamment organisée, dans les médias traditionnels et sur les réseaux sociaux, par celles et ceux qui les possèdent et en font des armes de manipulation au service de la préservation de leurs intérêts. Mais le savoir, c'est déjà s'en prémunir.

Troisièmement, accepter l'inconfort comme passage nécessaire vers l'action. Disons les choses simplement : prendre conscience de l'état du monde, c'est douloureux. C'est vertigineux. Il y a des jours où l'on envie presque ceux qui détournent le regard, changent de chaîne ou se réfugient dans une forme de légèreté assumée. On s'accroche à la normalité, à la routine, parce qu'elles donnent l'illusion que tout va bien. Mais l'orage ne passe pas. Il grossit. Et il frappe toujours plus fort celles et ceux qui n'ont pas les moyens de se mettre à l'abri. Alors il faut apprendre à faire autrement. À accueillir l'inconfort. À ne plus le fuir, mais à s'en servir. Car cet inconfort – la peur, la tristesse, la colère, la sidération – peut être un moteur. Un moteur puissant, si on accepte de le traverser au lieu de l'étouffer. Il peut devenir la force qui nous pousse à agir, à nous lever, à dire non, à inventer d'autres manières de faire et de vivre. L'inconfort n'est pas une faiblesse. C'est le début du courage.

Enfin, et ce dernier élément est très important : l'idée est d'agir progressivement, à son rythme, sans culpabilisation. On ne bascule pas du jour au lendemain dans un renversement total des habitudes. Parce que si on attend d'être irréprochable pour agir, alors on ne fera jamais rien. Et ce serait exactement ce que veut le système qui détruit le vivant : que nous restions paralysés par la culpabilité. La culpabilisation qui fige, qui fait taire, qui détourne. La culpabilisation qui pousse à renoncer avant même d'avoir essayé.

*

Attention à un écueil cependant : celui de se réfugier collectivement dans la facilité des demi-mesures. Dans une « écologie des petits pas » qui résoudrait tout sans ne rien changer ou presque. Ça, ça n'existe pas.

Il ne suffit plus de faire « sa part » comme on coche une case. Pas dans un monde où les seuils planétaires sont franchis, où chaque année compte, où l'inaction des puissants ne peut être compensée par les seules bonnes volontés individuelles.

Il ne s'agit pas de mépriser les gestes du quotidien – trier ses déchets, manger local, réduire ses trajets – car ils comptent, ils éduquent. Mais ce sont bien les structures qu'il faut aussi transformer : nos modèles agricoles, nos modes de production, notre économie, notre organisation du travail, notre alimentation, notre rapport au vivant.

Cela demande du courage politique, des décisions collectives, des bascules systémiques. Et c'est cela que nous devons obtenir et mettre en œuvre, ensemble !

Prenons un exemple concret : le seuil des 2 tonnes de CO_2 par an et par personne est souvent cité comme l'objectif à atteindre pour rester dans une trajectoire compatible avec l'accord de Paris, c'est-à-dire limiter le réchauffement climatique à + 1,5 °C par rapport à l'ère préindustrielle.

Il faut savoir qu'en France une personne qui ne fait rien de particulier – qui ne prend pas l'avion, qui ne mange pas de viande tous les jours, qui habite une ville moyenne sans voiture – a une empreinte carbone d'environ 9 tonnes de CO_2 par an.

Juste parce qu'elle vit ici. Parce qu'elle dépend d'un système énergétique carboné, d'infrastructures pensées pour la voiture, de bâtiments mal isolés, d'un modèle agricole intensif. Ce n'est pas elle qui a choisi la dépendance au gaz russe ni les zones commerciales à 10 kilomètres des centres-villes.

Alors à force de renvoyer chacun à sa « part », sans dire un mot des vrais leviers collectifs, on finit par culpabiliser et décourager. Et c'est là qu'on perd des gens. Ce n'est pas qu'ils s'en fichent. C'est qu'ils se sentent impuissants.

Il faut donc dire la vérité sur ce qu'on appelle la « responsabilité individuelle ». L'enjeu, ce n'est pas de demander plus à ceux qui font déjà des efforts, c'est de changer ce qui rend les efforts individuels presque invisibles à l'échelle du problème.

Entre la prétendue « écologie punitive » et l'« écologie des petits pas », il y a une voie : celle de l'écologie populaire, structurante, joyeuse et exigeante. Une écologie qui ne fait pas honte, mais qui donne envie. Qui ne fait pas semblant, mais qui agit vraiment.

*

Oui, le syndrome de l'autruche doit inviter y compris les Écologistes eux-mêmes à se remettre en question, à changer leurs manières de faire.

Et je le dis à ma propre famille politique : repensons nos méthodes, nos réflexes. Nos certitudes parfois trop vite dégainées, nos indignations légitimes mais pas toujours traduites en récits mobilisateurs. Nous avons cru, souvent, que les faits parleraient d'eux-mêmes. Que les chiffres suffiraient à convaincre. Que l'urgence, une fois démontrée, entraînerait l'action. Et nous nous sommes trompés. Nous avons empilé les rapports, les alertes, les conférences, les démonstrations… en oubliant que la peur ne suffit pas à créer l'élan. Que la lucidité n'est pas un projet de société. Et que la vérité, si importante soit-elle, peut être inaudible si elle n'est pas portée par un récit qui parle aux gens, à leurs vies, à leurs émotions.

Je suis écologiste depuis longtemps, et je sais que notre mouvement a souvent eu raison trop tôt. Mais avoir raison ne suffit pas. Il faut aussi être entendu. Être désirable. Être rassembleur. Cela suppose de faire évoluer nos manières de faire campagne, de prendre la parole, de créer du lien. Cela suppose que nous aussi, Écologistes, acceptions de nous transformer, non pas sur le fond de nos convictions, mais sur la façon dont nous les portons.

Et je le dis d'autant plus tranquillement que ce que je décris ici, je l'ai traversé. Moi aussi, j'ai parfois pensé qu'il fallait « secouer les gens » pour qu'ils se réveillent. Que l'ampleur du danger devrait suffire à provoquer un électrochoc. Et, sans m'en rendre compte, j'ai dû contribuer au mur qui sépare l'écologie de celles et ceux qu'elle cherche à rallier.

Mais j'ai appris – souvent en écoutant ceux qui ne pensaient pas comme moi, parfois au sein même de ma propre famille, et je pense notamment à mon grand-père à la retraite, producteur de betteraves – que la peur peut tétaniser autant qu'elle mobilise.

Que la colère peut isoler si elle ne s'accompagne pas d'une main tendue.

Je n'ai jamais prétendu être parfaite. Et je ne le prétends d'ailleurs toujours pas. L'engagement, s'il est sincère, s'affine avec l'expérience, avec les rencontres, avec les échecs aussi. Je continue d'apprendre, de douter, de changer. Parce que si on veut inviter les autres à se transformer, on doit être capable de le faire soi-même. Pas une fois pour toutes, mais comme une posture permanente. Et si je propose ici d'autres façons de faire, c'est d'abord parce que je m'y essaie moi-même, chaque jour.

Cette lettre ouverte n'est pas un manuel. C'est une tentative honnête de faire mieux. Pour moi, pour nous, pour tous ceux qu'on ne convaincra qu'en se rendant accessibles et en s'avouant vulnérables, humains tout simplement.

*

Cette lettre est donc un engagement à changer de posture. À modifier notre manière de militer, de convaincre, et – j'ose le dire – d'émouvoir. Parce que c'est à cette condition que l'écologie deviendra majoritaire.

Or nous avons la survie de l'humanité entre les mains. Notre mission est vitale, elle peut être écrasante : faire que la planète reste habitable. Rien que ça.

Réussir ce pari signifie trois choses.

Premièrement, rendre les enjeux concrets, proches et compréhensibles. C'est notre rôle, en tant qu'Écologistes, de raccorder les enjeux globaux aux réalités locales. De parler le langage de la vie, pas celui du technocentre. De montrer que l'écologie, ce n'est pas une affaire de spécialistes : c'est une affaire de voisinage, de santé, de sécurité, d'alimentation, de mobilité, d'emploi, de dignité humaine et animale, de justice, de paix.

Deuxièmement, il faut aussi parvenir à soutenir les émotions écologiques comme la colère, la tristesse ou la peur pour en faire des leviers d'engagement et non des freins. Pendant longtemps, dans le débat public, on a mis les émotions – notamment les émotions dites négatives – à distance. La peur ? Irrationnelle. La tristesse ? Contagieuse. La colère ? Incontrôlable. Et pourtant… ce sont ces émotions-là qui, bien accompagnées, peuvent devenir des puissances d'action. Ce que nous vivons collectivement, c'est un deuil. Le deuil d'un monde qu'on croyait stable, durable, illimité. Et comme tout deuil, il passe par des phases : le choc, la colère, la tristesse, le repli… puis, parfois, la transformation. Mais pour cela, il faut d'abord pouvoir nommer ce que l'on ressent. Le partager.

Troisièmement, il est crucial de créer des récits mobilisateurs. Il ne suffit pas de dire ce qui va mal. Il faut aussi raconter où nous voulons aller. Et surtout : comment on y va, ensemble.

Autour de moi, les gens ne veulent pas qu'on leur dise qu'il est trop tard. Ils veulent savoir que c'est encore possible. Pas facile, pas confortable. Mais possible. Et souhaitable.

Les récits écologistes doivent être traversés par le désir. Par la joie de vivre autrement. Par l'envie de faire ensemble, de réparer. Ces récits, ce sont ceux des territoires en transition, des coopératives, des cantines bio, des fermes collectives, des villes qui reprennent leur destin en main. Ils existent déjà. Il faut les faire entendre, les amplifier.

Tout ça, je le sais, est à notre portée.

*

Alors oui, parfois, on a l'impression d'être seuls. Trop seuls. Est-ce qu'il n'est pas déjà trop tard ?

Mais pour se raccrocher à un peu d'espoir, il y a ce poisson des abysses auquel je pense souvent. Cet être vivant, perdu dans les profondeurs les plus sombres de l'océan, à plus de 2 000 mètres de profondeur, là où la lumière du soleil ne pénètre jamais. Au cours de son évolution, il a appris, dans cette nuit totale, à générer sa propre lumière. Pas pour éclairer tout l'océan. Mais pour signaler sa présence. Pour vivre, malgré tout.

Nous aussi, il nous faut apprendre à générer notre propre lumière dans un monde en crise. Pas seuls. Pas pour tout éclairer. Mais pour signaler notre volonté d'un avenir vivable.

Cette lumière, infime, précieuse, nécessaire, peut faire toute la différence.

Je crois que nous sommes comme ce poisson. Dans un monde en crise, nous devons apprendre à produire, nous, la lumière qui manque à l'extérieur. À faire jaillir l'espérance, même quand le réel nous assombrit. À être, ensemble, des foyers de résistance, de tendresse, de courage.

*

Parce qu'au fond ce n'est pas de perfection que ce siècle a besoin.

C'est de gens sincères.

Qui doutent, mais avancent.

Qui tombent, mais se relèvent.

Qui aiment, et s'engagent.

Il y a un ou une écologiste qui sommeille en chacun d'entre vous. Je le sais. Il n'attend qu'un signal pour s'éveiller.

Peut-être une lumière. Peut-être celle que vous portez déjà.

21

Mes deux promesses

Promesse n° 1 : Une écologie qui tend la main comme ligne politique

Vous l'aurez compris : nous avons compris.

Nous avons compris le déni d'un côté, et l'écoanxiété de l'autre.

Entre les deux, il faut ouvrir une voie. Cette voie, c'est l'écologie. Mais pas n'importe laquelle.

Une écologie qui tend la main, au lieu de pointer du doigt.

Une écologie qui relie, plutôt qu'elle ne culpabilise.

Une écologie qui ne soit ni un luxe de privilégiés ni un carcan de contraintes.

Une écologie qui donne envie, plutôt qu'elle ne fait peur.

Une écologie qui protège, une écologie qui sauve la vie.

Une écologie qui ne soit pas dans le surplomb mais dans l'écoute. Pas dans le jugement, mais dans l'accompagnement. Pas dans la pureté militante, mais dans la complexité des parcours réels.

Une écologie du quotidien, des solutions concrètes, des choix collectifs.

Une écologie du soin – soin de la nature, soin des autres, soin de nous-mêmes.

Une écologie rassembleuse, porteuse de sens et de joie.

Bref : on ne veut pas emmerder le monde. On veut le sauver !

Voilà la première promesse écologiste que je vous fais.

*

Et la bonne nouvelle, c'est que cette écologie existe déjà. C'est celle que l'on met en œuvre là où nous sommes aux responsabilités.

C'est celle qui, à Lyon, a instauré la gratuité des premiers mètres cubes d'eau à chaque facture, parce que l'accès à l'eau est un droit, pas un privilège.

C'est celle qui, à L'Île-Saint-Denis, permet la rénovation de 100 % des logements sociaux, pour vivre dignement et réduire les factures.

C'est celle qui, à Bordeaux, a mis fin à certains grands projets inutiles pour réinvestir dans les besoins de base : logement, climat, justice sociale.

C'est celle qui, à Luc-sur-Aude, a permis la création d'une centrale solaire citoyenne alimentant ce village de 250 habitants.

C'est celle qui, à Strasbourg, développe les ordonnances vertes pour les femmes enceintes qui reçoivent un panier bio gratuit par semaine, de manière à protéger leur santé et celle de leur bébé.

C'est celle qui, à Auray, dans le Morbihan, a fait le choix du 100 % bio et local dans les cantines, parce que bien manger, ça commence dès l'enfance, et ça ne doit pas dépendre du revenu des parents.

C'est celle qui, à Poitiers, a progressivement mis en œuvre, dès 2020, un « droit aux vacances pour tous » : enfants, familles, jeunes et seniors.

C'est celle qui, à Grenoble, a multiplié les zones piétonnes, les arbres plantés, les espaces pour respirer.

C'est celle qui, à la Métropole de Lyon, a augmenté de 40 % le budget de la protection de l'enfance depuis 2020, ce qu'aucun autre département n'a fait (la Métropole de Lyon, créée en 2015, a les compétences d'une métropole et celle d'un département sur son territoire – en remplacement du département du Rhône sur cette zone).

C'est également celle qui, au niveau national, a fait interdire les PFAS et fait inscrire l'IVG dans la Constitution, grâce à l'action des parlementaires écologistes, qui ont aussi fait adopter à l'Assemblée nationale ou au Sénat (attendant que l'autre chambre les valide) des prix planchers pour les agriculteurs, une taxe Zucman sur le patrimoine de celles et ceux qui en ont plus de 100 millions afin de financer la transition, une stratégie nationale pour la gestion durable et la reconquête des haies, la facilitation de l'indemnisation des sinistrés du phénomène de retrait-gonflement des argiles (RGA), qui fissure la moitié des maisons françaises, etc.

C'est ça, l'écologie que je défends.

Des dépenses en moins, une qualité de vie en plus.

Un treizième mois écolo, en somme, fait de logements mieux isolés, de transports accessibles, de santé préservée, d'énergie partagée.

Et c'est ça que l'on met en œuvre petit à petit, partout où l'on gouverne.

*

Cette écologie, c'est une écologie des 99 %. Celle qui bénéficiera à quasiment tout le monde.

Aux 99 % contre les 1 %.

Les 1 % que Bruno Latour, grand penseur de l'écologie, appelle les « élites obscurantistes ».

« Élites obscurantistes », c'est un oxymore provocateur, qui associe deux idées normalement opposées : les élites – qui sont censées regrouper les personnes les plus instruites, les mieux informées dans la société – et l'obscurantisme – attitude qui s'oppose à la diffusion du savoir, à l'esprit critique, et qui maintient les peuples dans l'ignorance ou la peur.

Parler d'« élites obscurantistes », c'est dénoncer des personnes de pouvoir ou d'influence qui utilisent leur position non pas pour éclairer, mais pour désinformer, manipuler, semer le doute ou maintenir l'ordre établi au détriment de la vérité, de la justice ou du progrès.

Cela peut désigner celles et ceux qui, parmi les responsables politiques ou économiques, nient les faits scientifiques (sur le climat par exemple) pour préserver leurs intérêts, celles et ceux qui, parmi les intellectuels ou les éditorialistes, troublent délibérément le débat public, celles et ceux qui, parmi les dirigeants, instrumentalisent les croyances et les fragilités pour diviser et gouverner.

Cela va du ministre qui minimise les rapports du GIEC tout en promouvant des solutions technocratiques irréalistes au chroniqueur influent qui dénigre systématiquement les chercheurs ou les militants au nom du « bon sens », en passant par les propriétaires de certains médias qui orientent l'opinion contre l'urgence écologique ou par l'entreprise qui sème le doute sur la toxicité de ses produits malgré des preuves accablantes.

En résumé, les élites obscurantistes sont celles qui, malgré leur accès au savoir et à la vérité, choisissent de les étouffer ou de les tordre, souvent pour défendre leur pouvoir ou leur confort.

Mais pour paraphraser La Boétie : « Ils ne sont puissants que parce que nous sommes à genoux. » Et surtout ils sont beaucoup moins nombreux… Bref : il ne tient qu'à nous de nous relever.

*

Les « élites obscurantistes » sont une plaie pour l'écologie, comme en leur temps d'autres élites ont pu être une plaie pour l'antifascisme.

Je n'oublie pas en effet les travaux d'historiens comme Johann Chapoutot qui démontrent à quel point l'arrivée de Hitler au pouvoir n'aurait jamais été possible sans l'appui actif ou passif de certaines élites : grands patrons de l'industrie, hauts fonctionnaires, juristes, professeurs, médecins, etc. Beaucoup ont vu dans Hitler un « moindre mal », un barrage contre la gauche, une force d'ordre. Ils ont collaboré, parfois avec enthousiasme.

Soyons particulièrement vigilants à ce que l'histoire ne se répète pas.

Et plus que jamais : écologie, antifascisme, même combat !

Promesse n° 2 : L'antifascisme comme ligne stratégique

Ma ligne politique, c'est l'écologie qui tend la main.

Et ma ligne stratégique, celle qui guide les alliances que je suis prête à passer en tant qu'écologiste, c'est l'antifascisme, que vous savez viscéralement ancré en moi.

Soyons clairs : dans la situation où nous sommes, ce n'est même pas vraiment un choix à faire, c'est un réflexe qui doit nous mettre en mouvement.

Notre antifascisme doit être sans ambiguïté, sans « oui mais », sans circonvolution. L'antifascisme, voilà mon « cap clair ».

Et je le dis avec Aragon, car, selon ses propres mots, « le poète a toujours raison » :

Quand les blés sont sous la grêle
Fou qui fait le délicat
Fou qui songe à ses querelles
Au cœur du commun combat

Et donc, oui, face à la menace existentielle, notre devoir de mémoire et notre devoir d'espoir nous hurlent la même exigence : l'unité de la gauche – de toute la gauche – et en son cœur l'écologie.

Cela concerne aussi bien la situation en France que dans le monde.

Et là-dessus, comme sur tout le reste : vous pourrez compter sur moi.

*

J'ai toujours su que l'écologie était une exigence de justice, une promesse de vie meilleure, une force d'espoir. Mais je sais désormais qu'elle est aussi un barrage. Un rempart contre ce qui monte, contre ce qui gronde, contre ce qui fracture.

L'écologie est en fait une forme d'antifascisme appliqué. Une lutte contre la peur, contre la haine, contre les forces politiques qui veulent que l'on se résigne à un monde plus dur, plus fermé, plus inégal. Ce mot – antifascisme – fait peur à certains. Il sonne comme un vestige. Il semble sortir d'un autre siècle, d'une autre histoire. Mais notre époque en fait de nouveau un impératif.

Ce mot ne parle pas que de combats d'autrefois. Il dit aussi ceux que nous devons mener maintenant : contre les idéologies qui réduisent la politique à la vengeance, contre ceux qui désignent des boucs émissaires plutôt que des solutions, contre les pouvoirs qui préféreraient gouverner par l'intimidation plutôt que par le débat.

L'antifascisme, ce n'est pas une posture. C'est une nécessité. C'est refuser qu'on désigne des ennemis intérieurs, qu'on piétine les libertés publiques, qu'on réduise au silence les voix critiques, qu'on s'attaque aux journalistes, aux enseignants, aux artistes, aux chercheurs. C'est dire non à la hiérarchie entre les vies, entre les couleurs de peau, entre les quartiers. C'est dire oui à la République, mais la vraie : celle qui n'oublie personne.

*

Je l'ai vu, je l'ai entendu, je l'ai ressenti ces derniers mois : une digue a tenu. Elle a tenu dans les rues, sur les plateaux, dans les cœurs, grâce à des millions de gens – parfois fatigués, parfois hésitants, parfois en colère, mais debout. Oui, debout.

L'extrême droite n'est forte que de notre résignation. Elle se nourrit du fatalisme. Elle se gave de l'abstention.

Alors oui, je veux une écologie qui relève les gens. Une écologie qui ne dit pas aux Français « Vous avez tout raté », mais « Vous méritez mieux ». Une écologie qui sait que la démocratie, elle aussi, est une espèce menacée – et qu'il faut la défendre avec autant d'ardeur que les zones humides, les pollinisateurs ou les nappes phréatiques.

Je n'écris pas cela à distance. Je le vis, chaque jour, en tant que femme engagée, élue, militante. Je sais ce que sont les insultes, les menaces, les caricatures. Je sais ce que c'est que d'être réduite à une image, un cliché, un fantasme. Et je sais que le fascisme commence toujours là : quand on déshumanise. Quand on isole. Mais nous sommes nombreux. Nous sommes lucides. Et nous sommes prêts. Ce que nous défendons, ce n'est pas un simple programme. C'est une manière d'être au monde. Demain, si tout va bien, ce ne sera pas seulement parce qu'on aura évité le pire. Ce sera parce qu'on aura choisi de construire le meilleur. Parce qu'on aura tenu bon. Parce qu'on n'aura pas laissé passer.

*

J'entends souvent certains râler que « c'était mieux avant ». Je préfère prendre l'engagement ici devant vous de tout faire pour que ce soit mieux après.

Conclusion

Demain… si tout va bien

Ce que je vous propose, c'est un nouveau pacte social, environnemental, écologique, territorial et démocratique dont ce livre a tracé les prémices.

Plus juste, plus sincère, plus empathique. Et approprié aux enjeux de notre temps.

C'est cela que j'ai commencé à dessiner et que je souhaite concrétiser. Avec vous, si vous le voulez bien…

*

Mais il paraît que les femmes en politique, ça ne marche pas…

Que nous serions toujours trop ou pas assez. On nous attend au tournant, on nous juge, on nous fait tomber – ou on nous empêche de monter. Si bien qu'on finit toujours coincées.

Un sondeur me l'a expliqué un jour : il y a quatre figures-écueils classiques des femmes en politique. Et toutes celles qui sont arrivées à un certain niveau de pouvoir se sont fait « rattraper » par l'un des quatre visages qu'on a façonnés pour elles. Comme des figures imposées.

Il y a la « putain », dont on suppose qu'elle doit son ascension à autre chose qu'à son travail. Celle qui n'a « plus rien de féminin », trop dure, trop froide, trop autoritaire. La « mauvaise mère », à qui l'on fait payer ses absences, réelles ou supposées. Et puis la « naïve », celle qu'on dit dépassée, manipulée, trop gentille ou trop tendre pour comprendre la réalité du pouvoir. Comme si la compétence avait un genre. Comme si l'intelligence politique était une affaire de testostérone.

On n'est jamais assez femme ou on l'est trop, mais jamais comme il faut.

Alors que faut-il faire ? Laisser tomber ?

Sûrement pas !

*

Sur mon bureau figure cette devise, qui m'a été bien utile pendant les négociations du NFP, qui – rappelez-vous – n'avaient sur le papier et de l'avis général des observateurs que peu de chances d'aboutir et encore moins de l'emporter :

Celles et ceux qui pensent que c'est impossible sont priés de ne pas déranger celles et ceux qui essaient.

Alors je vais poursuivre, car je ne sais pas et ne veux pas faire autrement.

Et tout faire pour qu'adviennent des jours heureux… Demain, si tout va bien.

Demain… si tout va bien !

Si tout va bien… C'est une phrase que l'on prononce souvent à la légère, comme un vœu pieux, une manière pudique de dire qu'on espère sans trop y croire. Mais à force de la répéter, cette expression est devenue une façon de vivre. Ou plutôt, de survivre.

Nous avons appris à naviguer dans l'incertitude, à composer avec le chaos, à faire des projets en pointillé. Et pourtant, je continue à croire qu'un autre avenir est possible.

Pas parce que je suis naïve, mais parce que je vois ce qui existe déjà : les colères qui s'organisent, les solidarités qui s'inventent, les jeunes qui refusent le cynisme, les quartiers qui résistent, les campagnes qui relèvent la tête. Je vois toutes ces personnes qui n'ont pas renoncé à l'idée que la politique, quelle que forme qu'elle prend, car elle peut se pratiquer de mille manières différentes, peut encore réparer quelque chose.

« Demain… si tout va bien » ne doit pas être une formule incertaine.

Il faut que ce soit un engagement, un cap, une invitation à faire notre part.

Le « si » ne doit pas devenir une excuse. Il doit devenir un appel à l'action collective. Parce que rien ne va bien tout seul. Rien ne se transforme par automatisme.

Tout dépend de comment nous serons capables d'agir ensemble : dans les urnes, dans les luttes, dans les gestes quotidiens, dans les mots que l'on choisit de prononcer – ou de ne pas taire.

Je ne crois pas aux sauveurs. Je crois aux alliances.

Je ne crois pas aux surhommes (ou surfemmes !). Je crois aux mouvements.

Et je crois que si nous avons encore un peu d'espoir, un peu d'énergie, un peu de lumière en nous, alors ce « demain » qu'on attend peut commencer aujourd'hui.

Mais à une condition : qu'on arrête d'attendre qu'il aille bien tout seul.

Il faut le bâtir. L'inventer. Le défendre.

Demain peut aller bien… si nous refusons l'impuissance !

Je suis prête. Et vous ?

Si la réponse est oui : rendez-vous sur
demainsitoutvabien.fr
(et si la réponse est non aussi, d'ailleurs !)

Bêtisier

La politique, c'est parfois terrible.

Du fait de l'actualité que l'on a à commenter. De polémiques à gérer. De commentaires violents qui déferlent sur les réseaux sociaux. D'interviews qui ne se passent pas comme on l'aurait souhaité. De revers électoraux, aussi, comme on en a tous eu à encaisser.

J'ai voulu vous proposer un petit inventaire de ces instants inattendus qui rendent la vie militante si humaine – parfois fatigante, parfois hilarante, mais toujours authentique.

Et comme j'en ai vécu un bon paquet et que j'aime les noter et les relire quand j'ai besoin de me changer les idées, autant les partager.

Ce bêtisier rassemble ces moments absurdes, gênants, drôles – souvent tout à la fois. Des scènes inattendues qui ponctuent la vie politique comme des clins d'œil du réel. L'école de l'humilité pour ceux qui en manqueraient !

Il n'a d'autre ambition que de vous faire sourire – et peut-être aussi de vous rappeler que, oui, au cœur du tumulte, on peut encore rire. Et même, on le doit !

Dans la série « Faut pas être susceptible »

« Je peux faire une photo avec vous ? C'est pour ma belle-mère, elle vous déteste. Je vais la lui offrir à Noël. »

Un jeune électeur du NFP.

« J'aime pas la politique, mais je la suis un peu quand même, et franchement, je trouve que vous êtes l'une des moins connes. »

Un « anarchiste » (c'est comme ça qu'il s'est présenté) dans une manif à Nice.

« Ah mais je vous reconnais, vous êtes pas la dame qui joue dans *Plus belle la vie* ? Luna Torres ! »

Un homme croisé près du siège national des Verts.

Cet été, lors d'une nuit en refuge en montagne, une jeune randonneuse m'a aussi demandé après quelques hésitations si je n'étais pas actrice par hasard. Avant, devant ma réponse, de s'excuser :

« Pardon de vous avoir dérangée, je vous avais prise pour Alison Wheeler. »

« Il est sympa, ce pêcheur, vous allez bien vous entendre. Je lui ai demandé de tenir tes cheveux quand tu vomiras. Bon, par contre, je te préviens, je lui ai aussi demandé de filmer de l'autre main. »

Un pêcheur de langoustines au chalut, à Lorient.

Il m'avait proposé d'embarquer avec lui afin que je comprenne mieux la réalité de son métier, mais son moteur est tombé en panne au dernier moment... Il m'a trouvé un collègue qui se proposait en remplacement. J'ai effectivement été, comme prévu, très malade – je porte mal mon prénom sur ce point.

Les phrases cultes des négociations NFP

Avertissement : Je vous rassure, ces phrases ne sont pas représentatives de la teneur de nos travaux ! Elles sont en revanche symptomatiques de leurs auteurs. Elles ont toutes été anonymisées, mon but n'étant pas de pointer du doigt Untel ou Unetelle. Cette méthode-là, je la laisse à d'autres !

Les discussions pour trouver un Premier ministre ont pu parfois être longues et sinueuses. Mais comiques aussi :

« Pourquoi on reprend la conversation chaque fois à un endroit où on l'a pas laissée ? »

Certains tentaient de remettre un peu de rythme dans la discussion.

« Désolée, j'ai été rapide, mais je pense que les préliminaires ont été assez longs. »

Et puis il y avait des retards systématiques de certains, qui rendaient dingues ceux qui attendaient.

Mais ils avaient toujours une explication plus ou moins convaincante !

« Je suis pas en retard, c'est juste que j'étais au téléphone. »

Il y avait aussi les agacements.

« Lui, de toute manière, il parle exprès pour qu'on ne comprenne jamais rien. »

Oui, la tension a pu monter parfois.

« On va pas décider en fonction de ce qui sera passé par la tête de n'importe quel con de la direction de leur parti qui aura décidé d'en convaincre un autre. »

Et certaines mises au point ont été un peu cash.

« Arrête de dire qu'on a mis un veto sur le fait que le Premier ministre soit de ton parti. Le seul véto qu'on a mis sur un PM de ton parti, c'était sur toi. »

Militer dans l'adversité

« Vous critiquez toujours Marine Le Pen mais elle, au moins, elle est fille d'ouvrier (première nouvelle). »

Un homme rencontré au marché aux puces d'Hénin-Beaumont.

J'ai eu beau lui expliquer que non, il ne m'a pas crue.

« J'aime bien Marine Le Pen. Je veux qu'elle devienne présidente. Alors je sais, moi je suis pas français, donc je devrai partir si elle gagne, mais au moins les Français vivront mieux. »

Un homme croisé à la braderie de rentrée d'Hénin-Beaumont.

Alors cette phrase-là, vraiment, je ne l'ai toujours pas comprise. Et pourtant, depuis, j'ai eu le temps d'y réfléchir et d'y re-réfléchir.

« Je sais bien de toute façon qu'en politique, vous êtes tous des magouilleurs, vous vous mettez du pognon plein les poches.

– Alors moi, je ne me mets rien du tout dans les poches, hein !

– Bah vous êtes encore plus conne que je le pensais alors. Moi, à votre place, je volerais comme les autres. Si vous êtes même pas fichue de piquer du pognon, vous servez vraiment à rien. »

Un électeur fâché au marché d'Hénin-Beaumont.

« De toute manière, vous avez plein d'avantages dans votre travail.

– Ah bon, lesquels ? Je vois pas.

– Je sais pas, mais je sais que vous en avez.

– Bah non.

– Attendez.

(Il va se concerter avec son groupe de connaissances qui suit la scène d'un peu plus loin et revient.)

– Déjà, apparemment, vous avez le wi-fi dans votre bureau. »

Toujours sur le marché à Hénin-Beaumont.

« De toute façon, vous êtes une cumularde !

– Moi ?

– Oui, vous !

– Mais je ne cumule pas du tout. Je suis juste conseillère municipale et à l'agglo, mais pour être à l'agglo il faut être élue au conseil municipal, c'est le cas de tout le monde, donc non, ça n'est pas du cumul. Je travaille à côté, je ne fais pas de politique à temps plein, je ne peux pas vous laisser dire que je suis cumularde.

– Mais alors c'est quoi, cumulard ?

– Marine Le Pen, elle est conseillère régionale et députée européenne, ça, par exemple, c'est du cumul.

– J'te préviens, t'arrête tout de suite d'insulter Marine Le Pen et de la traiter de cumularde !

– Mais je n'insulte personne, je t'explique ce que ça veut dire, et c'est toi qui as commencé à en parler.

– Oui bah toi, tu cumules ton emploi et ton mandat. »

Un membre du public à la sortie du conseil municipal d'Hénin-Beaumont.

Parfois, il faut juste laisser tomber et reprendre la conversation la prochaine fois que tu croises la personne.

Politique politicienne

« Non mais sérieux, comment veux-tu que je la gagne, l'histoire, si je la réécris pas ? »
Un parlementaire (pas écolo).

« Je ne tire jamais dans le dos. Moi, c'est toujours entre les deux yeux. »
Un collègue. Il n'a, à ce jour, fait ni l'un ni l'autre.

« Sororité, mes couilles ! »
Une écologiste qui voulait m'indiquer le manque de sororité d'une autre écologiste… qui pourtant en parle beaucoup. Elle m'a fait la semaine celle-là…

Chronique d'un sexisme ordinaire…

« Ça va, pupuce ? »
Le député sortant, lors de ma première campagne législative.

« Sois moins naturelle et plus "mafieuse" si tu désires gagner… Démerde-toi comme tu peux. »
Conseil de vie reçu via Facebook pendant la campagne municipale en 2020.

Recevoir ce genre de messages fait partie de mon lot quotidien. Un classique. J'aurais pu y consacrer tout un chapitre.

« Je ne pense pas qu'un macho regarderait le “Zone interdite” sur les violences faites aux femmes. Il regarderait plutôt Toulouse-Marseille sur Canal. »

Un autre internaute, en réponse à quelqu'un qui lui indiquait que ses commentaires étaient sexistes.

Le déni, tout un art.

« T'es super sympathique en fait. En vrai, je passerais bien une soirée à parler océan avec toi mais, je te préviens, je veux pas de MeToo. »

Un président de région (pas la mienne).

… ou simple quiproquo

« C'est Alain qui fournit les canapés ! Sa femme en use régulièrement… »

(*Pour préparer les journées d'été du parti, on discutait avec le bureau exécutif d'un nouveau format, le « format canapé » : un canapé, deux personnalités qui s'entretiennent devant le public sur un thème donné. Choquée par la remarque – vraiment, ça n'arrive pas dans les réunions écolos, ce genre de sous-entendu –, je rappelle le participant à l'ordre.*)

« Mais ça va pas, non ?

– Non, mais c'est pas du tout ce que tu penses, ce que je voulais dire, c'est que sa femme est psy. »

Ouf de soulagement dans la réunion. J'ai depuis rencontré la femme d'Alain et j'ai pu lui raconter l'anecdote. Tout va bien !

Famille (non représentatif)

« Je m'en fous du réchauffement climatique, je suis pas un ours polaire. »

Lancé à mon retour d'une manifestation lors de la COP15 de Copenhague.

« Je suis fier de toi. Du coup j'ai voté "Marine" aux deux tours. »

Législatives de 2012. Je n'étais qu'au premier.

« Je t'ai fait ma procuration, par contre j'ai fabriqué mon propre bulletin de vote, j'ai trouvé un truc hyperoriginal à voter ! »

J'ai respecté son choix. Évidemment.

« Je sais que ça te fait tellement plaisir de voter Xavier Bertrand au deuxième tour que je te fais ma procuration, comme ça t'auras la joie de le faire deux fois. »

Élections régionales de 2015. La gauche, divisée, est absente du second tour qui oppose la droite à l'extrême droite.

« À mon mariage, y aura des chasseurs, ils veulent te parler. »

Et ça s'est bien passé.

Remerciements

Écrire ce livre était un sacré défi.

Trouver du temps dans des journées déjà bien remplies, se concentrer quand tout, dans l'actualité, pousse à garder la tête dans le guidon. Se projeter vers demain quand aujourd'hui te rattrape à chaque instant… Et tout cela sur fond de génocide en cours à Gaza et de délires trumpiens quotidiens à l'international, de canicule, d'incendies, de promulgation de la loi Duplomb et de renforcement de l'impasse austéritaire en France.

Mais écrire, c'était aussi une façon de tenir. De garder un cap. Rien de tel, pour cela, que d'avoir une perspective et cette envie têtue de faire vivre un horizon d'espoir au bout du tunnel.

Rien de tout ça n'aurait été possible sans le soutien, la présence, l'écoute de la fine équipe qui m'a entourée tout au long de ce projet et avec laquelle j'ai pu échanger, douter, affiner, reformuler. Elle m'a permis de travailler comme j'aime le faire : en intelligence collective.

Alors merci infiniment à Anna et Anne-Laure, mes éditrices, pour leur accompagnement si précieux tout au long de ce projet, pour leur regard affûté et pour leur exigence juste, ainsi qu'à toutes celles et ceux qui y ont contribué aux éditions Albin Michel.

Merci aussi aux compagnons de route de cet ouvrage, et notamment à Zina, Sophie, David, Coline, Aïssa, Jean-Marc, Léa, Margot, Jean-Baptiste, Raliba, Benjamin, Aurélien, Majdouline, Emmanuel et Alexis pour leurs relectures attentives qui m'ont guidée dans l'écriture de ce livre.

Ils ont suivi la rédaction de près, et j'ai pu leur soumettre quelques pages, quelques idées, parfois quelques doutes aussi. Pouvoir échanger avec vous et compter sur vos avis a été inestimable – vous avez été des boussoles.

Merci aussi à toutes celles et ceux qui, d'une manière ou d'une autre, m'ont inspirée : par une conversation, un souvenir partagé, un silence éloquent. Vous vous reconnaîtrez sans doute ici ou là.

Et une mention spéciale à Pralognan-la-Vanoise, à son Office du tourisme, son Bureau des guides, à sa Maison du parc de la Vanoise et à toutes celles et ceux qui font vivre le village pour l'accueil chaleureux – comme toujours – cet été. Un cadre juste parfait pour finaliser le manuscrit et me ressourcer en famille avant d'aborder une nouvelle année de défis en tout genre.

Merci à ma famille, pour l'amour inconditionnel, les racines profondes, et la liberté donnée de tracer mon propre sillon.

Et en particulier à mon fils Joseph, qui est né dans un monde que je combats et qui grandit dans une société que je veux aider à réparer. Depuis lui, je ne parle plus seulement au nom d'une lutte ou d'un territoire, je parle aussi pour lui, pour mes neveux et nièces et pour toute leur génération.

Souvent, je me demande comment lui décrire le monde tel qu'il est, comment répondre à ses innombrables questions sans lui voler une partie de sa joie. Comment lui dire la vérité sans l'arracher à l'enfance. Je crois qu'il faudra un jour lui raconter, mais pas d'un seul coup, un peu à la fois. Lui dire que sa maman n'a peut-être pas tout réussi mais a tout fait pour se lever contre l'injustice, contre la résignation, contre la violence faite à la planète et aux gens. Que parfois elle était fatiguée, qu'elle avait peur, qu'elle doutait. Mais qu'elle ne s'est pas couchée. Pas une seule fois.

Joseph, mon fils, si un jour tu lis ces lignes : sache que c'est pour toi et avec toi que j'ai tenu bon. Et que si demain va bien, ce sera aussi grâce à toi. Grâce à ce que tu m'as appris de l'amour, de l'humilité, et de l'urgence de faire mieux. Et grâce à ton papa évidemment. Merci pour cette douce vie que l'on s'est construite à trois.

Merci aussi à mes grands-parents pour leur bienveillance débordante et communicative, à mes parents pour leur gentillesse et leur générosité, à mon frère et ma sœur pour les fous rires, à mes oncles, tantes, cousins, cousines pour tous ces souvenirs et ceux que l'on continue à fabriquer. Merci aussi aux copines et aux copains qui comptent énormément pour moi, même si je ne les vois pas aussi souvent que je devrais.

Toutes, tous, comme le dirait Pierre Bachelet, « je leur dois ce que je suis ».

*

Merci à ma région et à mon cher bassin minier du Pas-de-Calais qui m'a tout appris : la solidarité, la dignité, la ténacité. Ce territoire qui ne se laisse pas raconter facilement, mais qui m'habite à chaque ligne et à chaque instant par sa mémoire, ses luttes, ses cicatrices, sa lumière aussi.

« Grâce à eux je sais qui je suis ».

*

Merci à Aline Archimbaud, à Cécile Duflot et à toutes les équipes d'ATMO France et des associations agréées de surveillance de la qualité de l'air. J'ai pris conscience d'énormément de choses à vos côtés, dans des registres très différents, mais qui contribuent tous chaque jour à leur manière à mon action.

« C'est avec eux que j'ai compris. »

Merci à mon parti qui a toujours été là pour moi, « dans la gloire et le malheur », comme on le chante à Bollaert.

Les Écologistes, c'est une famille magnifique, indéfectible. C'est aussi une histoire courageuse, et celles et ceux qui nous ont précédés sont une source d'inspiration et de force inépuisable. Je les ai toujours à l'esprit quand il faut entreprendre quelque chose de vertigineux. Si nous y arrivons, c'est que nous avons la chance d'être sur les épaules de géantes et de géants.

L'écologie, qu'elle soit politique ou associative, intellectuelle ou entrepreneuriale, c'est une école de la résilience, de l'exigence et de l'humilité. Je ne remercierai jamais assez nos militantes et militants pour ça. Pour leur soutien qui prend diverses formes toutes plus touchantes les unes que les autres. Et pour les quinze ans d'amitiés nouées et de formation continue. Pour m'avoir fait confiance aussi, en m'élisant secrétaire nationale en 2022 et en me renouvelant leur confiance en 2025. Tout ça, quelle que soit notre sensibilité, on le fait ensemble. On sait pourquoi. Et on continuera.

Merci aussi à l'équipe solide et solidaire du Bureau politique, à tous les cadres qui font avancer ce parti au quotidien, ainsi qu'à tous nos salariés et collaborateurs d'être là, pour tout le travail qui se voit, mais aussi pour tout ce que vous n'imaginez même pas et qui compte tellement dans la vie d'un mouvement.

Merci à mes camarades de galère d'Hénin, qui savent ce que lutter veut dire, ce que perdre apprend, et ce que l'espérance opiniâtre apporte. « Ne jamais baisser ni la tête, ni les yeux, ni les bras » : c'est avec eux que nous avons construit cette doctrine bien utile.

*

Merci, enfin, à celles et ceux qui font tenir debout le mot « nous ». À celles et ceux qui refusent de se résigner. Qui osent encore croire, malgré tout, que l'avenir peut être désirable.

Parce que demain, si tout va bien… ce ne sera pas un miracle.

Ce sera le fruit de nos choix, de nos actes, de notre courage – et parfois, il faut bien le dire, de notre entêtement joyeux.

Et à vous qui lisez ces lignes, merci d'y croire encore un peu, ou d'avoir eu envie d'y croire en les lisant. C'est déjà une forme de victoire.

J'aurais plaisir à aller à votre rencontre dans les mois qui viennent, poursuivant ainsi mon Tour de France permanent.

Et je vous donne rendez-vous sur

demainsitoutvabien.fr

pour me donner vos avis, vos raisons d'espérer et, pour les plus motivés d'entre vous, pour écrire la suite ensemble !

Table

Retrouvez toute l'actualité des éditions Albin Michel
sur notre site albin-michel.fr
et suivez-nous sur les réseaux sociaux.
Instagram : editionsalbinmichel
Facebook : Éditions Albin Michel
YouTube : Editions Albin Michel

Composition : Nord Compo
Impression : Imprimerie Floch, septembre 2025
Éditions Albin Michel
22, rue Huyghens, 75014 Paris
www.albin-michel.fr
ISBN : 978-2-226-50521-7
N° d'édition 27878/01 – N° d'impression : 107629
Dépôt légal : octobre 2025
Imprimé en France